KB119132

교양과 ── 광기의 ── 일기

백민석
장편소설

교양과 —— 광기의 —— 일기

한겨레출판

9월 28일

  도쿄의 전철 노선도를 들여다보고 있으면 머리가 지끈지끈 아파오면서, 언젠가 자크 데리다의 책에서 읽은 구절이 떠오른다.

  오늘날도 여전히 중심이 결여된 구조란 상상 불가한 것 그 자체를 나타낸다.*

  도쿄 전철의 이용객들 중에서 전철 노선을 정확하게 꿰뚫고 있는 사람은 몇 명이나 될까. 우에노에서 오다이바까지 가는 데 역을 몇 개 지나야 하고, 노선을 몇 개 갈아타야 하고, 그 노선을 관리하는 회사는 각각 어디이며, 우에노 역에 전철이며 지하철이며 승강장이 몇 개나 되고, 각각 어디에 어떻게 흩어져 있는지 꿰고 있는 전문가 말이다. 아마도 전철역 입구 안내 부스의 승무원들도 자신이 맡고 있는 구역만 잘 알지, 일정한 범위를 넘어서면 헷갈리고 길을 잃지 않을까. 어쩌면 전철 노선을 만든 회사의 설계자들도 도쿄 전철의 모든 것을 알지는 못할 것이다. 도쿄 전철은 여러 회사가 만들었고, 회사마다 기밀 정보는 다른 회사와 공유하지 않을 테니.
  오늘은 내가 일본 도쿄에 발을 내디딘 첫날이다. 숙소는 도쿄 이리야 역 근처다. 이리야 역은 우에노 역 바로 옆인데, 전철로 가려면 노선을 갈아타야 한다. 나는 우에노 역사에서 전철 노선도를 30분쯤 들여다보다가 전철을 갈아타는 모험을 하느니 차라리 걸어가는 게 낫겠다는 결론을 내렸다.

---

* 자크 데리다, 《글쓰기와 차이》, 남수인 옮김, 동문선, 2001년, 439쪽.

공항 입국장은 그 나라의 얼굴이다. 얼굴에 깔린 카펫이 우중충한 남색에, 거죽의 네 귀퉁이가 낡아서 보풀이 일어나 있다면 보기 좋은 얼굴은 아니다. 게다가 안내를 하는 늙은이들까지 주름투성이 손가락을 들어 이리 가라 저리 가라, 하고 있다.

공항에서 공항 철도를 탔다. 운전기사는 열차가 역에 다가설 때마다 마이크를 들고 안내 방송을 했다. 새신랑처럼 흰 장갑을 끼고 있었다. 철도 간격이 얼마나 좁은지, 다른 열차와 엇갈릴 때마다 땅이 갈라지는 굉음이 객차를 덮쳤다.

역에서 나와 거리로 나섰다. 빌딩들은 칙칙하고 매연이 내려앉아 검버섯처럼 얼룩이 져 있다. 너부죽한 면상에 땟물이 잘잘 흐른다. 역에서 숙소인 료칸까지 한 시간을 걸어 찾아갔다. 방은 3층. 짐을 부려놓고 가운으로 갈아입고 1층 욕실로 가 샤워를 했다.

다시 방으로 올라와 거울을 본다. 다다미방에서 격자무늬 가운을 걸치고 거울 앞에 서고 보니 내 안의 칼잡이가 깨어나는 것 같다. 머리까지 올백으로 빗어 넘겼다. 내 안에는 전쟁놀이와 광란의 섹스를 좋아하는 10대 소년이 살고 있다. 그놈한텐 조국도 부모도 예의도 없고, 10대인 채로 태어나 나이도 안 먹고 영원한 10대로 살아간다.

그놈이 이제 말을 하기 시작했다.

9월 29일

오래전 한 대학 선배가 일본으로 신혼여행을 다녀왔다. 그리고 돌아와서는 일본이 우리나라랑 똑같다며 가지 말 것을 주장했다. 그런 델 왜 가니, 한자만 좀 읽을 줄 알면 뭐 하나 다를 게 없어. 세상 견문이 좁았던 나는 별생각 없이 그 조언을 일본 여행에 대한 진리로 받아들였다. 그 후로 일본에 대한 흥미가 생길 때마다 선배의 조언은 내 머리 한편에서 찌뿌드드하게 깨어나 자신의 존재를 알렸다. 일본 온천에 있다는 혼탕을 체험하고 싶다든가, 홋카이도에서 눈의 종족 아이누가 되어 허리까지 빠지는 폭설을 경험하고 싶다든가 할 때마다. 선배는 지금 이혼했고, 서울에서의 이력을 마감하고 낙향해 비닐하우스 농부가 됐다. 첫째는 대학에 들어갔다. 그는 나이를 먹을수록 점점 더 가난해졌다. 그의 조언엔 도쿄 전철 노선에 대한 얘기는 없었다.

중심은 내용들의, 요소들의, 용어들의 대체가 더 이상 가능하지 않는 바로 그 지점이다.*

대체 불가능한 것, 중심. 데리다의 말처럼 중심이란 이렇게나 의미심장하다. 지리적으로는 한국의 천안이 그런 것처럼 사통팔달, 즉 어디로든 통하여 쉽게 갈 수 있는 자리를 의미한다. 오늘은 도쿄의 중심인 일왕과 그 가족이 살고 있는 왕궁을 돌아봤다. 짙푸른 해자를 따라 왕궁의 둘레를 한나절쯤 걸었다.

---

* 자크 데리다, 앞의 책, 440쪽.

7

숙소의 엘리베이터는 1.5인용 초소형 엘리베이터다. 느낌은 직육면체의 양철 깡통 같다. 운행할 때면 깡통이 덜그럭거리는 소리를 낸다. 두 사람이 들어가면 딱 달라붙어 서 있어야 할 만큼 비좁다. 동승은 귀여운 여자아이가 아니라면 사절. 성인 남자라면 반으로 갈라 반쪽만 태워야 한다.

도쿄는 철을 숭상하는 도시다. 전철역에서 표를 사기 위해 자동판매기에 동전을 넣으면 철커덕 소리와 함께, 쇠로 된 동전 투입구의 뚜껑이 닫힌다. 그렇게 열렸다 닫히기를 얼마나 반복했는지 투입구의 쇠붙이 표면이 반질반질 닳아 있다. 무사들도 철커덕, 쇳소리를 냈다. 2차 세계대전의 전범인 나가토미는 무사의 집안에서 태어나 자랐다. 군인의 기풍이 몸에 밴 그는, 타인을 대할 때면 늘 자기보다 계급이 높은가 낮은가만을 따졌다.* 아군인가 적군인가만을 물었다. 상대가 자기보다 낮은 계급이거나 적일 때, 그는 마음의 문을 걸어 잠그고 무자비하게 철커덕 소리를 내며 칼집에서 칼을 뽑았다. 철커덕철커덕, 스스로 감정 없는 쇠붙이가 되었다. 그처럼 교육에 의해 형성된 후천적 소시오패스들이, 전쟁에 나가 생체 실험을 하고 강간 살해를 하고 인육을 먹고 둑을 터뜨려 마을 전체를 몰살시켰다.

그들은 전범으로 붙잡혀 사형을 선고받고 유서를 쓸 때도 오늘도 왕궁에서 안녕한 왕을 칭송했다. 그들은 왕을 위해 언제든 철커덕 소리를 낼 수 있는 칼잡이들이었다.

---

* 노다 마사아키, 《전쟁과 인간》, 서혜영 옮김, 길, 2000년, 234~235쪽 요약.

9월 30일

저녁 무렵에 요코하마 항구에 도착했다. 요코하마까지 오면서 한 번밖에 전철에서 헤매지 않았다. 벌써 요령이 생겨 도쿄 전철 노선을 이해하려는 노력은 하지 않게 되었다. 일단 승무원에게 묻고 그가 일러주는 승강장 넘버만 따라가면 된다.

요코하마의 부두에 앉아 어둠에 잠기는 바다를 봤다. 전경의 콘트라스트가 흐려지고 회색이 짙어지자, 항구 저편 풍력발전기의 날개에 속도가 붙기 시작했다. 프로펠러가 돌고 주황색 등이 켜졌다. 차례차례 컨테이너선과 유람선 선창에 불이 들어오고 레인보우 브리지가 요란스러운 조명에 휩싸였다. 뒤편 광장에선 걸그룹 카라의 팬클럽이 요란스럽다. 멤버 사진이 붙은 부채를 흔들고 있는데, 탈퇴한 강지영 양의 사진도 있다. 수백 명이 소리를 지르며 팔을 흔들고 이리저리 뛰어다니고 단체로 사진을 찍는다.

나는 항구의 바다가 회색에서 검은색으로 변하고, 반뜩이는 물결과 부글거리는 소리로만 남을 때까지 앉아 있었다. 항구에 어둠이 내리자 내 머릿속에도 불이 나갔다.

　오전부터 도쿄국립박물관에서 다치太刀와 가타나刀를 봤다. 다치는 아래쪽에 날이 있는 칼이고, 가타나는 위쪽에 날이 있는 칼이다. 다치는 가타나보다 크고, 가타나는 다치보다 작다. 사무라이는 언제나 칼 두 자루를 차고 다녔는데, 하나는 길고 하나는 짧았다. 이를 다이쇼라고 했고 집 안에서도 칼을 찼다.

　단련하는 방식에 따라 칼날에 여러 무늬가 생긴다. 직선이 있고 들쭉날쭉한 곡선도 있다. 부드러운 물결 곡선도 있고, 삼각형 3개가 반복해서 나타나는 패턴도 있다. 무늬는 대개 9가지인데, 어느 무늬이냐에 따라서 사람의 살과 뼈를 베고 자를 때 미세한 차이를 형성한다. 날렵한 다치의 칼날이 박물관의 침침한 분위기 속에서 홀로 빛난다. 쌍칼을 차면 사무라이는 좆이 3개가 되는 건가.

10월 1일

새 카메라 삼각대를 사느라 아키하바라의 전자 상가에 들렀다. 삼각대를 사는 건 잠깐이었지만 아키하바라를 나오면서 한동안 길을 잃고 헤맸다. 어제도 요코하마를 나오면서 30분쯤 역을 찾느라 헤맸다. 전철과 지하철 여러 노선이 한 역에 모여 있지 않고 때로는 한 블록 너머까지 흩어져 있기도 하고, 횡단보도를 건너야 찾을 수 있는 경우도 흔하다.

중심이 있어야 방향을 잡을 수 있다. 중심이 확실하면 방향을 못 잡아 생기는 불안도 사라진다. 데리다를 따라 형이상학의 역사를 살펴보다 보면 세상의 온갖 멋진 이름들이 중심을 의미해왔다는 사실을 알 수 있다.

본질·실존·실체·주체, 진실·초월성·의식·하나님·인간 등.*

중심이 없는 도쿄의 전철 노선을 갖고 씨름하다 보면 본질이니 진실이니 하는 말들이 의심스럽게 들리고, 하나님이니 인간이니 하는 말들이 공허하게 느껴진다. 왕궁이나 아사쿠사 같은 명소는 중심이 분명하다. 아사쿠사는 가미나리몬에 들어선 다음 그냥 앞으로 쭉 걸으면 된다. 아사쿠사의 세계는, 나카미세라고 불리는 300미터짜리 상점가를 중심으로 돌아가고 이곳에서 길을 잃을 염려는 전혀 없다. 점심을 먹기 위해 잠시 옆 골목으로 빠졌다가도 곧바로 아사쿠사로 돌아올 수 있다.

★ 자크 데리다, 앞의 책, 441쪽.

닦아 놓아

나가토미 같은 사무라이는 은퇴한 후엔 순백의 천으로, 다치의 칼날 대신 난초의 잎사귀를 닦았다. 산 사람의 살을 저민 칼날에서 나는 피비린내나 난초의 귀한 꽃이 풍기는 향기나, 그의 코를 흥분시키기는 마찬가지였다. 젊어서는 다치를 사랑했고 늙어서는 난초를 사랑했다. 젊어서는 다치의 칼날을 닦으며 꼴렸고, 늙어서는 난초의 나긋나긋한 이파리를 닦으며 꼴렸다. 다치와 난초는 둘 다 입이 달려 있지 않아서, 애정 관계를 유지하기 위해 굳이 소통할 필요가 없다는 공통점이 있다.

아키하바라에서 카메라 삼각대를 샀다. 노能 가면을 쓴 양 화난 채로 굳어버린 얼굴의 점원이 사용법을 가르쳐주었다. 삼각대의 다리 3개를 완전히 뽑으면 키가 150센티미터까지 늘어난다. 삼각대는 카메라를 고정시켜 목표의 초점을 정확히 맞출 수 있게 한다. 삼각대가 없으면 초점이 흔들려 야경을 제대로 찍을 수 없다. 이는 검을 쥔 손이 쉴 새 없이 떨려 표적을 겨냥할 수 없는 것과 같다. 상대를 마주한 다음에는 자신의 수전증을, 삼각대가 없음을 한탄해봤자 소용없다. 이미 늦었다.

초점이 떨려 흐리게 나온 사진은 휴지통으로 들어가고, 사무라이는 고깃덩이가 되어 길바닥에 버려진다.

10월 2일

도쿄에 온 후로 크로커스의 〈도쿄 나이트〉를 100번쯤 들었다. 공연 실황 버전의 길이가 6분 9초이니 열 시간쯤 그 노래를 들은 셈이다. 일본풍의 단조 음계에 실린 마크 스토레이스의 애잔한 목소리가 '도쿄'를 목 놓아 부른다. 알프스 산 아래에서 결성된 스위스의 록 밴드에게 도쿄가 이토록 애가 탈 이유가 뭐가 있었을까.

미국의 60~70년대 록 밴드들이 남겨놓은 기념사진을 보면 일본의 기모노나 가부키 분장이 이따금 눈에 띈다. 일본 민화가 그려진 부채가 등장하고 일본 기생도 등장한다. 그들은 기존 록 사운드에서 탈중심을 시도하면서, 인도와 일본 문화의 이국적인 뉘앙스를 받아들였다. 여행 가방을 꾸려 인도와 일본으로 떠났다. 그들은 여전히 서양을 중심에 놓고 움직였던 것이다. 진정한 탈중심은 중심을 벗어나는 게 아니라, 실질적으로 중심의 자리를 옮기는 일이다.

〈도쿄 나이트〉는 도쿄의 밤거리에 잘 어울린다. 도쿄의 밤 문화를 체험하러 가부키쵸에 갔다가 〈도쿄 나이트〉만 잔뜩 듣고 왔다. 과연 내가 가부키쵸에 있었는지도 의심스럽다. 호스트 클럽이 죽 늘어선 뒷골목 몇 군데만 걷다가 지쳐 돌아왔다.

꿈에 아키하바라에서 내게 카메라 삼각대를 판 점원이 나왔다. 점원은 생기 없는 눈빛과 일자 입술, 굳은 표정 그대로 내 앞에 나타났다. 흰 와이셔츠와 검은 양복바지. 아우라 없는 존재로 나와 '난 월급만 받으면 돼, 장사 따위 알 게 뭐야' 하는 자세로 삼각대를 팔았다. 나는 상자를 열어 삼각대를 펴보았다. 부품 하나가 엉성하게 덜그럭거리더니 몸체에서 떨어져 바닥을 굴렀다. 내가 이 삼각대는 사무라이의 다치를 닮았네, 하고 웃자 점원은 가운뎃손가락을 편 주먹을 쑥 내밀었다. 나는 이건 정말 사무라이의 좆을 닮았어, 다리가 셋인데도 쓸 데가 없잖아, 하고 되풀이 말했다.

그러고 잠을 깼는데, 주택가의 고요한 햇살이 료칸의 창을 두들기고 있었다.

저녁이 되어 가부키쵸로 갔다. 전철역에서 나오자 마주 보이는 마천루에 낯익은 생물체 하나가 붙어 있는 광경이 눈에 띄었다. 고질라였다. 고질라가 아이맥스 영화관 빌딩 옆구리를 기어오르고 있었다. 요코하마에서 봤던 풍력발전기가 떠올랐다. 〈에반게리온〉을 만든 기계문명의 상상력이 어디서 나왔는지 줄곧 궁금했었다. 다른 건 몰라도 팔이 여럿 달린 길쭉한 사도는 요코하마의 풍력발전기에서 나왔다. 가부키쵸의 호스트 클럽엔 만화에서 방금 건져 올린 듯한 남자 접대부 사진들이 실물 크기로 붙어 있었다. 이미지 클럽엔 젖가슴과 허리 라인이 강조된 여자 아니메 캐릭터가 대문짝만하게 인쇄돼 붙어 있었다. 현실이 만든 꿈이 이제 현실을 능가한다.

10월 3일

오늘날의 도쿄 전철 노선을 미리 예견이라도 하고 쓴 듯한 글이 있다. 롤랑 바르트가 일본을 여행하고 1970년에 펴낸《기호의 제국》에는, 일본식 전골 요리인 스키야키에 대한 이런 구절이 나온다.

일본 요리에는 중심이 존재하지 않는다. (…) 여기에서는 모든 것이 다른 장식물을 위한 또 다른 장식물일 따름이다. (…) 일단 '시작'되고 나면 명확한 순간이나 장소가 더 이상 존재하지 않으며, 방해받지 않는 텍스트처럼 중심이 사라진다.*

일단 전골냄비의 육수가 끓기 시작하면 무질서가 등장한다. 얇게 저민 소고기, 버섯, 청경채 같은 재료의 배열이 무너지기 시작한다. 어느 재료가 쟁반에 처음 놓였고 어느 재료가 바깥쪽에 놓였고 어느 재료가 가운데 자리였는지 불분명하게 된다. 식성은 무의식의 권한이므로 식탁을 둘러싼 사람들의 배고픈 젓가락질에 질서가 있을 리 없다. 스키야키의 세계에선 그렇게 중심이 사라진다.

《기호의 제국》에는 중심 없는 세계로 사전 또한 등장하는데, 사전은 등재된 단어들이 서로 꼬리에 꼬리를 물고 서로를 반영하므로, 시작도 끝도 없고 중심도 없게 된다. 롤랑 바르트가 도쿄의 전철을 타봤을까. 그랬다면 틀림없이 스키야키 대신 전철 노선의 중심 없음에 대해 이야기했을 텐데.

★ 롤랑 바르트,《기호의 제국》, 김주환·한은경 옮김, 산책자, 2008년, 34~36쪽.

　오다이바에 도착해 멀리 다리가 보이는 쪽으로 가다 보면 낯익은 조형물 하나와 마주치게 된다. 오른손엔 횃불 왼손엔 책을 들고, 머리엔 빙 둘러가며 와키자시 같은 것이 튀어나온 관을 쓰고 있다. 와키자시는 가타나보다 짧고 단도보다 긴 칼이다.

　설명엔 조형물이 자유의여신상의 축소판이라고 하는데, 생긴 모양새가 같다고 그 말을 무턱대고 믿을 순 없다. 오다이바의 여신상은 비수를 감춘, 기계 몸의 닌자일 수도 있다. 이 둔갑술을 쓰는 거대 닌자가 언제 횃불과 책을 집어 던지고, 머리에 꽂은 와키자시를 뽑아 시민들을 향해 휘두를지 모를 노릇이다. 기계문명의 재앙이 성큼성큼 시내를 활보하며 도시를 쑥대밭으로 만들고…….

　〈춤추는 대수사선〉의 아오시마 형사가 쫓는 자는 살아 있는 사람의 배를 갈라 내장을 빼내고 그 자리에 봉제 인형을 채워 넣는 연쇄살인마이다. 치열 교정기를 낀 이 아름다운 소시오패스는 고이즈미 교코가 연기했다. 그녀가 웃을 때면 미백 처리한 하얀 치아를 가로지른 철선이 반짝인다. 그녀의 미소가 바로, 보는 이의 가슴을 종잇장처럼 얇게 저미는 가장 예리한 칼날이었다. 교코의 재등장을 기대하며 〈춤추는 대수사선 2〉까지 보았었다. 2편에 배경으로 등장하는 다리가 오다이바의 레인보우 브리지다.

10월 4일

도쿄를 떠나는 순간까지도 전철 노선이 속을 썩였다. 나리타 공항까지 가는 공항 철도 노선을 찾기 위해 우에노의 이 역 저 역을 방황했다. 나중엔 비까지 내렸는데, 8.2킬로그램들이 배낭과 6.5킬로그램들이 배낭 2개를 짊어지고 우산을 쓴 채, 일본인들 틈에 끼어 추적추적 비 내리는 우에노 거리를 걸어 내려갔다.

무라카미 하루키의 《색채가 없는 다자키 쓰쿠르와 그가 순례를 떠난 해》에 나오는 쓰쿠르는 장래희망이 철도역 설계사이다. 도쿄의 전철 노선을 경험해보지 못한 나는 소설을 읽으며 참 볼품없는 꿈도 다 있다 했다. 전철역이야 생긴 게 레디메이드처럼 비슷비슷하고 그 수도 얼마 되지 않을 텐데, 어떻게 그게 장래희망감이 되나 했다.

하지만 도쿄를 떠나는 최후의 날까지 헤매고 나서야 나는 쓰쿠르의 꿈을 이해했다. 내가 쓰쿠르였어도 도쿄의 미래를 위해, 전철역을 새로 설계해야겠다는 사명감에 불탔을 것이다.

우에노 공원에 자리한 도쿄도미술관은 전시실의 대다수를 시민을 위한 전시 공간으로 운영하고 있었다. 전시장 이름도 Citizen's Gallery로, 시민들이 꾸리는 미술 동호회의 그룹전이 주로 열린다. 초로의 아주머니가 자신이 그린 인물화가 전시된 전시장 입구에서 입장권을 팔고 안내를 한다. 국공립 미술관에 시민을 위한 전시 공간이 따로 마련되어 있다는 사실은, 시민의 세금으로 운영되고 시민이 권력을 가진 나라에선 당연한 일이다.

매일 늦은 아침을 사 먹는 아메요코 재래시장의 식당가는 초입부터 파친코 업소가 들어서 있다. 'SLOT'이라고 쓰인 대형 간판 오른편엔 꽃집이 있고, 왼편엔 문방구가 있다. 10시를 조금 넘긴 시간 식당가를 지나다 보면, 어깨에 서류 가방을 멘 와이셔츠 차림의 사내들이 파친코 업소의 문을 열고 들어가는 광경을 보게 된다.

한때 잠깐 살았던 시골 읍내에서도 보던 풍경이다. 읍민들은 늦은 아침에 도박장 문을 열고 들어가 늦은 오후쯤에는 탈탈 털려서 도박장 앞에 나와 앉아 있곤 했다. 연쇄살인미소 고이즈미 교코는 그들을 노린다. 돈이 곧 무기이자 방패인 사회에서, 자신을 보호할 어떤 수단도 갖지 못한 무방비 상태의 인간들은 교코의 꾐에 넘어가 희생자가 된다. 교코는 무방비 인간들의 배를 갈라 봉제 인형을 쑤셔 넣곤 다시 쇠 바늘로 꿰매놓는다. 정성스레.

내게 교양을 가르치려는 어리석은 선생이 종종 입에 올리는 무라카미 하루키의 소설엔 가난뱅이가 등장하지 않는다. 가난뱅이도, 가난뱅이의 삶도, 가난뱅이의 문화도 등장하지 않는다. 《색채가 없는 다자키 쓰쿠르와 그가 순례를 떠난 해》에 등장하는 다섯 주인공은 하나같이 중상류층 집안의 자식들이다. 그들은 가난을 모른다. 그들도 상실을 경험하지만 잃는 건 시간이지 재산이 아니다. 주인공 쓰쿠르도 부동산 재벌의 아들이다. 영혼에 색채는 없지만 돈은 있다.

교코의 봉제 인형은 100만 개가 있어도 희생자들의 공허한 영혼을 채우지 못한다.

10월 4일

　도쿄를 떠나고 시곗바늘이 자정을 넘겼지만 날짜는 도로 10월 4일이다. 방금 날짜변경선을 지났다. 왜 하필 쿠바일까? 자연 풍경은 교토의 가을 낙엽이 좋고, 건축물은 스페인에 가우디가 있고, 박물관은 파리가 대단하고, 고양이는 터키에 있는데.

　오래전에, 인도에 갈 때도 왜 하필 인도야, 했었다. 그때는 유로패스를 이용한 유럽 배낭여행이 내 또래에서 인기였다. 인도에는 어째서?

　그즈음 차게 앤드 아스카라는 2인조 일본 밴드의 〈온 유어 마크〉라는 뮤직비디오가 인기를 얻고 있었다. 지브리 스튜디오에서 제작한 그 뮤직비디오에는 밀교 집단에 사로잡힌 소녀가 등장한다. 커다란 백색의 날개가 달린, 잠옷 차림의 병약해 보이는 어린 소녀였다. 차게와 아스카는 정부 기관의 실험실에서 소녀를 빼내 거대도시 바깥으로 데리고 가 날려 보내준다. 그러자 소녀는 내 상상 속에서, 내 상상의 사이즈가 허용하는 가장 먼 곳까지 날아간다 ……. 인도도, 쿠바도 내 형편이 허용하는 가장 먼 곳이다.

　그때도 인도에 가며 비행기를 갈아타기 위해 잠깐 일본의 공항에 머물렀었다. 출국장을 떠나기 직전 일본 공항의 창밖으로 보였던 풍경이, 바로 그 〈온 유어 마크〉에서 보던 거대도시였다. 마천루들이 빼곡히 들어차 있고, 기기묘묘한 모양의 빌딩들이 우뚝 솟아 있고, 아침 안개처럼 뿌옇게 스모그가 끼어 더 신비롭게 보이는.

하늘은 천사들이 날아다니는 평화로운 공간이 아니다. 툰드라 지역에 사는 어느 부족은, 북극 하늘의 오로라에서 망령들의 전쟁터를 봤다. 전쟁터에서 싸우다 죽은 싸움꾼들은 하늘로 올라서도 계속 싸운다. 망령들은 한집에서 살며 서로를 찔러 죽이고, 그때마다 북극의 하늘은 피바다가 된다. 알래스카에 사는 어느 인디언족은 오로라에서 "완전무장한 전사"를 봤다. 망령들은 빛으로 된 무기를 휘두르고 빛의 물결로 행진한다. 망령들이 새 동료를 불러들일 때, 북극의 오로라는 시뻘겋게 물든다. 옛 유대 민족의 문헌에는 하늘과 땅 사이의 공간이 눈에 보이지 않는 온갖 무리들로 가득 차 있다고 했다. 그중에는 "혼탁하며 해로움과 고통을" 주며 전쟁을 원하는 무리도 있다. 게르만족의 신화에는 하늘에 모여 사는 죽은 전사들의 신전이 나온다. 싸우다 죽은 싸움꾼들은 모두 발할라 신전으로 갔다. 망령들은 실컷 먹고 마시며 매일 아침 "무기를 들고 싸우러 나간다". 이 어마어마한 수의 망령들은 서로 죽이고 죽지만 다시 살아나 "800명씩 한 줄로 열 지어 640개의 문을 거쳐 발할라 신전"*으로 돌아온다.

하루를 꼬박, 비행기의 강철 날개가 태평양의 하늘을 찢고 가르고 베는 광경을 지켜봤다. 온갖 보이지 않는 것들로 가득한 하늘이, 시뻘겋게 물들었다 핏물이 쭉 빠져 창백하게 변해가는 광경을 지켜봤다.

★ 엘리아스 카네티, 《군중과 권력》, 반성완 옮김, 한길사, 1986년, 46~47쪽.

10월 4일

캐나다 토론토 공항에서 다시 비행기를 갈아탔다. 지난밤에는 해가 진 지 여섯 시간 만에 다시 비행기 날개 끝에 태양의 뜨거운 몸뚱이가 걸리는 광경을 봤다. 비행기가 태양의 뒤꽁무니를 부지런히 쫓아가, 태평양 어디쯤에서 마침내 태양을 따라잡은 것이다.

〈온 유어 마크〉의 마지막 장면에서, 어린 소녀는 날개를 활짝 펴고 백색의 운해 너머로 사라진다. 요즘도 비행기를 탈 때면 소녀의 잔상이 눈에 어른거린다. 하늘거리는 잠옷에 날개를 펄럭이는 소녀의 잔상이.

밤 10시가 넘어서 거대한 새가 나를 쿠바의 호세 마르티 공항에 내려놓았다. 북아메리카대륙을 넘을 때 달빛에 반짝이는 기다란 산맥을 보기도 했다. 쿠바는 북아메리카대륙이 끝나는 지점에 놓여 있다.

공항으로 나를 픽업 온 카를로스의 차는 녹색의 시트로엥이다. 덜컹거리는 시트로엥을 타고 숙소가 있는 베다도 지역으로 갔다.

아파트 바닥은 아무것도 깔지 않은 돌바닥이다. 양말을 벗고 맨발바닥으로 실내 여기저기를 걸어본다. 지상의 기운이 싸늘한 감촉을 타고 올라온다. 실내는 벽과 바닥, 천장까지 온통 희다. 페인트칠을 새로 했는지 얼룩 한 점 없다. 침실로 가 발코니 창을 열고 블라인드를 올린다. 블라인드는 열대의 폭풍에도 끄떡없게, 무겁고 두껍고 촘촘하게 짜였다. 발코니에 나가자 덥고 습한 바람이 온몸을 훑고 지나간다. 이곳은 가로수가 야자나무다. 야자나무 잎사귀가 크게 휘청거리며 반짝인다.

10월 5일

아침에 느지막이 일어나 숙소 주변을 돌아봤다. 숙소를 중심으로 원형을 그리며 한 시간쯤 걸었다. 마트가 숙소 옆 주상복합 빌딩 1층에 있다. 입구의 경비원이 나를 불러 세웠다. 그러면서 등에 멘 백팩을 가리키며 손가락을 젓는다.

1층 노점에서 쿠반 샌드위치를 사 먹었다. 햄이 몇 장 들어 있고 피클과 치즈가 들었다. 빵은 샌드위치 기계에서 방금 눌렀다 빼서 온기가 남아 있지만 나머지 재료는 차갑다. 데우지 않은 햄, 녹지 않은 치즈. 1층 환전소에서는 경찰 둘이 10미터쯤 기다랗게 늘어선 줄을 통제한다. 한 사람이 환전을 마치고 환전소를 나오면 기다리던 한 명을 들여보낸다. 나도 캐나다 달러를 쿡으로 환전했다. 쿡은 쿠바 화폐 단위로, 1달러에 1쿡이었다.

상점엔 한국에서 흔히 보던 식의 간판이 붙어 있지 않다. 간판의 대부분은 그저 이발소라고 잡화점이라고 식료품점이라고 썼었고 크기도 알파벳만 들어가면 그만이라는 식으로 자그맣다. 언제 문을 열고 언제 닫는지 정도가 간판의 주요 내용이다. 화려하고 사이즈가 큰 간판은 외국인 여행객들을 상대하는 레스토랑이나 카페들에 달려 있다.

정오에 내가 쿠바에 있는 동안 일정을 도와줄 코디네이터가 왔다. 리자는 나 이전에 쿠바에 왔던 작가들에 대한 이야기를 들려줬다. 말레콘이 아주 가까웠다. 오후에 산책을 나갔다.

  헴과 게바라와 루벤이 베다도의 도롯가에 앉아 도미노 게임을
하고 있다. 테이블에 둘러앉아 칩을 주고받는다. 걸상은 4개가 놓
여 있다. 개가 짖고 자동차들이 빵빵거리고 바람이 머리카락을 헝
클이고 야자나무 잎사귀는 쉴 새 없이 파닥인다. 구경꾼들이 몰려
들어 수다를 떤다.

  "친구, 내가 어떻게 죽었는지 알고 있어?"

  헴이 도미노 칩을 뒤집다 말고 묻는다.

  "아, 그걸 몰라요?"

  "헴, 당신은 FBI가 죽였잖아요."

  그 사실에 대해선 벌써 많은 증거가 나왔고, 헴의 추종자들에겐
정설로 굳어졌다. 헴은 쿠바의 혁명이 성공하고 미국인이라는 이
유로 미국으로 추방당했다가, 겨우 몇 달 후에 자살로 삶을 마감한
다. 자살했다고 알려졌다.

  하지만 알려지는 것만으로는 사실로 받아들여지지 않는다. 사실
은 알려지지 않는다. 사실은 보인다.

  "내 사진은 봤겠지? 그건 완벽한, 보이는 사실이지."

  게바라가 자기 패의 순서를 바꾸며 한 손으로 흑백사진 한 장을
들어 올린다. 밀림의 흙바닥에 놓인 들것에 게바라가 내동댕이쳐
져 있고 자동소총을 든 군인 몇이 주변을 서성이고 있다.

  "그럼요. 당신은 CIA가 죽였잖아요."

  구경꾼들이 헴이 잘못 내놓은 패 때문에 소란스러워진다. 정력
가이자 모험가인 헴은 살아생전 온몸이 다 망가진 사내였다. 눈이

라고 멀쩡할 리 없다.

"헴, 내 눈을 가져가라고."

게바라가 고개를 돌려 물끄러미 자신이 누웠던 들것을 내려다본다. 말라붙었다가 희미하게 지워져가는 자국이 있다. 게바라의 시신이 놓였을 자리에 둥글고 넓게 퍼진 핏자국. 젊은 게바라의 등판이 얼마나 넓었을지 가늠해본다.

게바라는 나이 마흔을 코앞에 두고 죽었다. 게릴라가 언제 죽어야 적당한지 정해진 바는 없다. 어떤 게릴라는 게바라보다 먼저 죽었고 어떤 게릴라는 게바라보다 늦게 죽었다. 수염이 멋진 친구 카밀로 시엔푸에고스는 27살에 죽었고, 밀림의 여걸 빌마 에스핀은 77살까지 살았다. 몇 살에 죽었느냐는 그가 어떤 게릴라였느냐에 대해 별로 얘기해주지 않는다.

헴은 예순이 넘어 죽었다. 소설가 역시, 몇 살에 죽었느냐는 그가 어떤 소설가였느냐에 대해 아무것도 말해주지 않는다.

"더블 식스."

두 번째 판이 시작되자마자 세 번째 자리에 앉은 늙은 피아니스트 루벤이 패를 털어낸다. 루벤은 FBI가 죽인 소설가보다, CIA가 죽인 게릴라보다 더 오래 살아남았다. 아주 오래.

"루벤, 어째서 더블 식스는 항상 자네 차지야?"

루벤이 어깨를 으쓱한다. 루벤은 테이블에 앉은 누구보다 더 오래 살았고, 심지어는 게바라의 2배를 살았다.

"이 친구는 내가 죽는 것도 봤지."

헴이 말한다.

"라디오에서 들었어."

루벤이 갈색의 주름진 손가락으로 도미노 패를 만지작거리며 흥얼거린다.

"내가 죽는 것도 봤지."

게바라가 말한다.

"그것도 라디오에서 들었어."

루벤이 흥얼거린다. 살아남은 자가 느끼는 감정은 슬픔만은 아니다. 때로는 안도감일 수도 있고, 때로는 잔잔한 승리감일 수도 있다. 온전히 슬프기만 한 곡조의 피아노곡은 없다는 사실을 늙은 루벤은 안다. 온전히 즐겁기만 한 곡조의 피아노곡도 없다. 그저 슬프기만 한 부음도, 그저 기쁘기만 한 출생 소식도 세상에는 없다.

"라디오에서 듣기도 했고 신문에서 읽기도 했고 텔레비전에서 보기도 했고 직접 장례식에 참석하기도 했지. 하지만 내 피아노곡은 점점 즐거워지기만 하던걸."

세 번째 판에서도 더블 식스는 루벤의 차지였다. 그는 도미노 게임의 더블 식스는 가장 오래 살아남은 플레이어의 것이라는 사실도 알고 있었다.

"루벤, 그런데 이 남은 한 자리는 누구죠?"

헴부터 왼쪽 방향으로 게바라를 지나 루벤을 지나, 마지막 자리에는 빈 걸상만 놓여 있었다. 등받이는 다 해져서 체크무늬의 천 쪼가리만 조금 남고 안쪽의 합판이 거칠거칠하게 드러나 있었다.

"보이지 않는 친구, 자네를 부르는 모양인데?"

헴과 게바라와 루벤이 동시에 그쪽을 바라봤다. 아무 소리도 들리지 않았지만, 누군가 틀림없이 대답을 했다는 사실을 셋의 표정으로 알 수 있었다.

"이 친구는 공식적으로는 존재하지 않는 친구야. 공식적으로는 존재해서는 안 되는 친구지."

햄이 말했다.

"실은 아무도 보아서는 안 되는 친구가 더 맞는 표현이겠지."

게바라가 말했다.

"사실상 보이지 않는 친구라고 할 수 있어."

루벤이 흥얼거렸다.

사실은 보인다. 보이지 않으면 사실이 아니다. 그러므로 보이지 않는 친구는 사실이 아니다. 풍문이고, 낭설이며, 정신 나간 음모론이다. 하지만 보이지 않는 친구는 보이지 않는 방식으로 보이는 모양이다. 보이지 않는 친구의 빈자리에서 도미노 패가 달그락거린다.

보이지 않는 친구는 루벤의 명줄을 보장해주었다. 그 친구도 한 번쯤은 루벤에게 치명적인 관심을 가졌을 수도 있다. 하지만 라틴 재즈에의 순수한 열광이 그를 지배했고, 그래서 루벤은 테이블에 앉은 어느 누구보다 더 오래 살아남을 수 있었다. 하긴, 세상 어느 정부의 조직이 재즈 피아니스트를 위해 예산을 낭비하겠는가. 루벤을 죽인 건 모히토 칵테일과 코이바 시가였고 세월이었으며, 보이지 않는 친구들과는 아무 관련이 없다.

세계의 힘 있는 친구들이 루벤의 음악을 한 번쯤 들어보았길 바란다. 그렇다고 뭔가 달라질 일은 없겠지만, 심지어는 만찬의 칵테일 메뉴 하나 바뀌지 않겠지만, 그래도 그들이 그의 라틴 재즈를 한 번쯤 들어보았길 바란다.

아직도 보이지 않는 친구의 빈자리에서는 도미노 패가 달그락거린다.

"어쩌면 체 당신은 너무 잘생겨서 미움을 샀는지 몰라."

헴이 게바라에게 말한다.

"죽기엔 너무 잘생겼지만 바로 그래서 죽었는지도 모르지."

게바라는 볼리비아로, 사지로 넘어가기 직전 변장을 했다. 위조된 신분으로 여권을 만들어 국경을 넘기 위해 게바라는, 산발한 곱슬머리를 단정하게 손질하고 이마부터 정수리까지 머리카락을 밀어버렸다. 수염까지, 무려 수염까지.

문제는 그렇게 해도 잘생긴 얼굴이 어디 가지 않는다는 데 있었다.

"죽기에 너무 잘생긴 얼굴이란 어떤 얼굴인가?"

게바라가 반문한다.

"CIA의 양복쟁이들이 총을 들고 밀림으로 쳐들어갈 정도로 잘생긴 얼굴이지."

헴이 말한다. 루벤이 고개를 끄덕인다. 구경꾼들도 따라 고개를 끄덕이고, 보이지 않는 친구의 도미노 패는 움직이기를 뚝 그쳤다.

"그 자식이 총구로 내 등을 자꾸 밀면서 이건 비즈니스야, 날 탓하지 마, 이건 비즈니스라고, 날 탓하면 안 돼, 하고 중얼거리더라고."

게바라가 짧게 한숨을 토한다.

"자네가 자기보다 더 잘생겼을 뿐만 아니라, 자기 조직 전체를 통틀어서도 완벽하게 잘생겼다는 뜻이지. 그래서 사적인 복수감이 아니라, 조직 차원에서 자넬 처형한다는 얘기가 아니었을까?"

헴이 보이지 않는 친구를 돌아보며 말한다.

"그렇지 않나, 보이지 않는 친구?"

하지만 테이블의 빈자리에선 어떤 긍정의 소리도 들려오지 않는다. 어떤 부정의 소리도 들리지 않는다.

"난 그렇다고 치고, 그럼 헴 당신은?"

헴은 입을 닫는다. 헴의 팬으로서 한마디 하자면, 그는 FBI로부터 미움을 살 이유가 없다. 그는 2차 세계대전의 와중에는 어부 친구들과 함께 독일 잠수함을 낚으러 다녔고, 미국인이라는 이유로 사회주의 정권이 들어선 쿠바에선 추방되기도 했다. 그는 애국자였고, 자유주의자였으며, 누가 봐도 미국인이었고, 굳이 조직이 앙심을 품을 만큼 잘생기지도 않았다. 그는 정말 하나도 잘생기지 않았다.

헴이 미운털이 박힐 이유가 뭔가.

10월 6일

작업실로 쓰이는 작은 방에 들어가 책상을 꾸몄다. 한국에서 쓰던 책상과 똑같이. 가운데에 노트북을 놓고 오른편에 머그잔을 놓았다. 글 쓰는 데 필요한 자료들은 왼편 위쪽에 쌓아놓고, 그 아래쪽에 휴대폰을 두었다. 내가 가입한 통신사는 쿠바에서는 로밍 서비스를 하지 않는다. 전화를 하려면 거실의 유선전화를 쓰든가, 밖에 나가 공중전화를 써야 한다. 쿠바는 인터넷 하기도 쉽지 않다. 인터넷을 하려면 와이파이가 되는 장소를 찾아 밖으로 나가야 한다.

장소만 바뀌었을 뿐, 내 일은 변함이 없다. 아침에 일어나 씻고 밥을 먹고 샤워를 하고 책상에 앉아 노트북을 켠다. 아침나절에 일하고 오후에 산책을 나간다. 말레콘이라고 하는 기나긴 방파제를 따라가는 산책로다. 말레콘 산책로가 이탈리아가와 만나는 근처에서 주로 점심과 저녁을 해결하기로 했다. 어제오늘 먹어본 결과 위생은 의심스럽지만 싸고 맛있다.

미국의 소설가 헤밍웨이는 언젠가 쿠바가 아침나절에 글을 쓰기 가장 좋은 기후를 가진 나라라고 했다. 그는 이곳에서 《노인과 바다》를 써서 노벨상을 탔다. 나 역시 아침마다 글을 쓰지만 아침나절의 선선한 기온 때문에 그런 것은 아니다. 선선한 기온 때문이라면 굳이 아침에 글을 쓸 필요가 없다. 왜냐하면 헤밍웨이 시대와는 달리 지금은 에어컨이 있기 때문이다.

도착하고 하룻밤도 빼놓지 않고 꿈을 꾸었다. 악몽은 아니고 꿈자리가 뒤숭숭하지도 않은데, 그렇다고 내용이 좋거나 꾸고 나면 기분이 좋아지거나 하지도 않는다. 한번 자리에 들어 두어 번 꿈을 꾸는 경우도 있다.

꿈이 어찌나 선명한지 깨고 나서 메모가 가능할 정도다. 잠깐 깼다가 다시 잠들면 꿈의 이야기가 이어진다. 밤의 꿈은 낮의 사건들과 달리 이야기가 선형적이지 않다. 나는 언제나 낮의 선형적 사건들보다 밤의 비선형적 꿈이 더 좋다. 나 자신이 비선형 꿈의 일종 같기도 하다.

숙소 맞은편 레스토랑에서는 밤 10시까지 재즈 뮤지션들이 라틴 재즈를 연주한다. '관타나메라'라는 후렴구가 주절주절 되풀이되는 노래가 그 기나긴 레퍼토리의 마지막이다. 연주가 끝난 다음에야 잠들 수 있다. 잠들고 나면, 얼마 되지 않아 꿈이 시작된다.

도미노 게임의 빈자리에서, 구경꾼들은 도미노 패가 달그락거리는 소리만을 들을 수 있다. 도미노 게임은 플레이어가 넷이어야 한다. 게임이 진행 중이라면, 설사 플레이어가 보이지 않더라도, 누군가 틀림없이 그 빈자리에 있다는 사실을 잊지 말아야 한다.

10월 7일

숙소를 중심으로 점점 더 크게 원을 그리며 산책을 하고 있다. 지난밤에 호텔 내셔널에 있는 비즈니스 센터에 인터넷을 하러 갔다가 낭패를 봤다. 곧 나올 소설책의 표지 디자인을 확인하려고 메일을 열어보니, 약속한 표지 시안이 들어오지 않았다. 출판사 편집자에게 허탕을 치게 하면 어떡하느냐고 불평을 늘어놓았다. 호텔의 인터넷은 비싸고 제약도 많다.

오늘 내가 그린 원의 끝, 호텔 내셔널의 동편 끝에서 길가의 화단에 줄지어 앉아 휴대폰을 만지작거리는 서양인들을 보았다. 물어물어 와이파이 하는 방법을 알아냈다. 카드를 사 와 와이파이존에서 로그인을 해야 하는 모양이다.

원의 서편 끝에서는 미국 대사관을 보았다. 삼사 층 건물 높이의 강철 깃대들이 바늘꽂이에 꽂힌 바늘들처럼 촘촘히 100개도 훨씬 넘게 박혀 있는 단상을 지나면, 누런빛이 도는 빌딩이 하나 나타나고, 초소 앞에서 시선으로 나를 좇는 경찰과 눈이 마주친다. 빌딩 한편에는 미국 비자를 신청하려는 쿠바인들의 행렬이 길게 늘어서 있다. 광화문 미국 대사관에서 흔히 보던 풍경이다. 미국 대사관은 쿠바에서도 현지인들을 자신의 담장 바깥에 길게 줄을 세운다.

보이지 않는 자들의 게임이 있다. 일상인들 대개는 이런 게임이 있는지조차 잘 모른다. 그들은 합법적인 병원에서 태어나 관공서에 기록으로 올려지고, 허가받은 교육기관에서 유년기와 청년기를 보내며, 나이가 들어서는 시장에 공개된 기업에서 소득과 지출이 분명한 직장 생활을 계속해나간다.

일상인의 삶은 보인다. 구석구석 남김없이 보인다. 감출 수도 없고 감춰지지도 않는다. 삶의 순간순간이 모두 사실이다. 간혹 어딘가에 보이지 않는 세계가, 사실이 아닌 세계가 있을지 모른다는 생각이 들 때도 있지만, 대부분은 먹고살기 바빠 굳이 알려고 하지 않는다. 보이지 않는 사실은 사실이 아니므로 삶이 되지 못한다.

하지만 강렬한 태양이 선크림마저 녹이는 곳에선 일상인의 보이는 세계는 깨질 수 있다. 이를테면 말레콘을 따라 산책을 나갔다가 길을 건너게 되는 경우가 있다. 차도 건너편으로 시원한 생수한 병을 사러 가야 한다. 차들은 달려오고 횡단보도는 없다. 눈치껏 도로를 건너다가 문득 이마에서 흘러내린 땀방울이 눈으로 들어온다. 통증이 두 눈을 덮친다. 선크림의 화학 성분이 녹아든 땀방울에 눈을 뜰 수 없게 된다. 차도 한가운데 멈춰서 눈을 감고 소맷부리로 이마의 땀을 닦고 눈을 비빈다.

다음 순간은 그저 운에 맡길 뿐이다. 보이지 않는 자는 그런 순간을 노린다. 핑크 캐딜락이 당신을 밀고 지나간다.

10월 8일

"답을 내지 않는 것이 바로 답인 것처럼,"

나는 차게 앤드 아스카의 〈온 유어 마크〉 노랫말을 흥얼거려본다.

"바늘이 없는 시계로 시간을 보는 것처럼."

와이파이를 할 수 있는 나우타 카드를 구해 인터넷을 시작했다. 와이파이가 가능한 장소를 찾고, 카드를 사고 접속하기까지 하루가 꼬박 걸렸다. 카드는 국영 통신회사 지점에서 사거나, 근처의 불법 판매상에게 웃돈을 주고 살 수 있다. 숙소에서 와이파이존까지 도보로 30분 거리이고, 카드를 제값에 사려면 한 시간은 줄을 서 있어야 한다.

이런 상황은 한국의 친구들에겐 〈온 유어 마크〉의 노랫말처럼 추상적으로 들릴지도 모른다. 좀처럼 있을 수 없는 현실에 대한 추상적 묘사. 하지만 여기선 이게 바로 현실이다. 바늘이 없는 시계까지는 아니더라도, 바늘이 다르고 시계판이 다르고 바늘이 움직이는 속도와 방식이 다르다.

이탈리아가 레스토랑들의 생선 메뉴에는 생선 종류가 표시되지 않는다. 생선이 통째로 나오는 일도 없다. 가시를 발라낸 생선 살덩어리가 나오고 맛을 봐야 어떤 생선인지 짐작할 수 있다. 한 접시의 생선살에서 여러 생선의 맛이 나기도 한다.

이런 일이 생기는 이유는 말레콘의 낚시꾼들이 어떤 물고기를 낚을지 알 수가 없기 때문이다. 낚시꾼들은 방파제에 올라가 바다를 향해 낚시를 던진다. 던지고 또 던지고, 얼레를 풀었다 감기를 되풀이한다. 그러다 문득 하루 일을 마치고 레스토랑에 잡은 생선을 넘긴다. 아니면 식재료가 떨어진 레스토랑에서 방파제까지 생선을 사러 오기도 한다.

낚시에 어떤 생선이 걸릴지는 낚시꾼이 결정하지 않는다. 주방 요리사도 자기가 구하고 싶은 물고기가 언제 걸릴지 모른다. 신이 있다면 신에게 묻겠지만, 이미 신이 누구를 위해 일하는지 알고 있다. 그들의 기도를 받아줄 신은 무작위의 신밖에 남아 있지 않다. 그러니 낚시꾼은 바다를 향해 되는대로 낚시미늘을 뿌리고, 요리사는 칼을 갈며 그저 기다릴밖에.

"헤이, 친구."

나는 뒷주머니에 두 손을 꽂고 방파제의 보이지 않는 낚시꾼 친구에게 인사를 건넨다. 방파제에 죽 늘어선 낚시꾼들 몇이 뒤를 돌아본다. 그러고는 방파제의 빈자리를 향해 말을 건네는 화이트 치노, 눈 찢어진 흰 피부의 동양인을 본다.

10월 9일

숙소를 중심으로 한 원을 점점 크게 그리고 있다. 오늘은 말레콘을 따라 이탈리아가를 지나 동쪽으로 40분쯤 나갔다. 그곳에 바다를 향한 작은 포대와 광장이 있고, 시내 쪽으로 방향을 틀자 며칠 전에 한번 지나쳤던 프라도 거리가 나왔다. 대리석 바닥이 햇빛을 받아 부드럽게 젖빛으로 빛나고, 가로수들이 거리 양편에서 강렬한 녹색의 빛 조각들을 뿌린다.

아바나 시민들이 프라도 거리의 대리석 벤치에서 한가로운 시간을 보내고 있었다. 가로수 그늘에 앉아 이야기를 나누고 거리를 지나는 행인들을 구경하고 있다. 누군가 나를 치노라고 부른다. 때로는 아미고라고 부르며 레스토랑의 메뉴판을 들고 다가와 호객을 하기도 한다.

프라도 거리를 지나 곧장 나아가자 카피톨리오가 나왔다. 국회의사당으로 쓰이기 위해 보수공사 중이다. 아바나 어느 골목에서나 카피톨리오의 돔 지붕이 보인다. 아바나의 중심이자 쿠바의 중심이고, 길 잃은 관광객들을 위한 랜드마크이다.

카피톨리오라는 거대한 중심이 아바나의 거리를 헤매는 관광객들의 마음에 안정적인 닻처럼 드리워진다. 헝클어진 머리타래같이 어지러운 아바나의 뒷골목을 헤매다가도 언제든 중심으로 돌아올 수 있다. 모든 거리가 카피톨리오에서 뻗어나가고 카피톨리오로 돌아온다.

중심은 열대의 격렬한 태양 아래 아무도 부정할 수 없는 존재감을 뽐내고 있다.

물고기 무리를 따라 낚시꾼들도 방파제 위를 달린다. 누군가 물 밑의 그림자를 발견하고 손가락으로 가리키며 달리기 시작한다. 그러면 다른 낚시꾼들도 따라 뛴다. 그렇게 물고기 떼를 쫓는 이들은 대개 낚싯대가 없다. 그들의 낚시 장비는 언제든 들고 뛸 수 있을 만치 단출하다. 얼레 두어 개, 미끼와 바늘 따위를 넣는 작은 가방, 혹은 퍼티가 담겨 있던 25킬로그램들이 플라스틱 통.

벌써 한 무리의 낚시꾼들이 자리를 옮겼다. 물론 아침 산책길에서 본 낚시꾼을 저녁 귀갓길에 똑같은 장소에서 보기도 한다. 자리를 옮기지 않는 낚시꾼들에겐 낚싯대가 있다.

보이지 않는 낚시꾼 친구에게도 낚싯대가 있다. 날렵하게 허공을 가로지르며 휘파람 소리를 내는 낚싯대다.

"구름이 정말 대단해. 미켈란젤로의 그림에서 튀어나온 것 같아."

내가 방파제의 보이지 않는 친구를 향해 말한다.

"미켈란젤로의 어떤 그림?"

보이지 않는 친구가 묻는다.

"……〈천지창조〉?"

"〈천지창조〉 그림에 구름이 어디 있어?"

나는 인터넷으로 그림 파일을 찾아보고 싶지만 말레콘에선 어림도 없는 일이다.

10월 10일

내 산책의 중심이 숙소인 아파트에서 카피톨리오로 바뀌었다.
이 중심은 공식적이고 모두가 함께 공유한다. 카피톨리오라는 내
선택은 쿠바와 아바나 관광 지도에 공식적인 중심으로 등재되어
있다는 점에서 객관적이고, 아바나의 시민들이 다른 외국인 관광
객들과 함께 공유한다는 점에서 합리적이고 이성적이다. 중심 없
는 도쿄의 전철과는 다르다. 오늘부터 내 산책은 일단 카피톨리오
로 나아가, 그곳에서 시작하기로 한다. 당분간 나는 중심을 향해 걸
을 것이다. 카피톨리오의 둥근 지붕을 향해.

물아 물아

말레콘에서 보이지 않는 친구를 찾는 일은 생각보다 쉽지 않다. 다른 낚시꾼들 사이의 아무 빈자리에 대고 말을 건넨다고 그곳에서 보이지 않는 친구가 대꾸할 리 없기 때문이다. 오늘은 뙤약볕 아래서 반나절이나 서성인 끝에 보이지 않는 친구의 낚싯대가 내는 휘파람 소리를 찾아냈다.

"낚시꾼한테 왜 어제 그 자리에 있지 않느냐고 묻지 마."

내가 찾느라 고생했다고 볼멘소리를 하자 보이지 않는 친구가 말했다.

"낚시꾼이 어느 자리에 앉느냐는 낚시꾼이 정하는 게 아냐."

나는 보이지 않는 친구의 보이지 않는 낚싯대가 시퍼런 하늘을 가르며 내는 채찍 소리를 들었다. 그의 곁에는 빨간 줄무늬가 있는 물고기와 은빛 비늘 물고기, 아가미에 자색 프릴이 달린 물고기가 낚싯줄에 꿰어 죽어 있었다.

"보이지도 않으면서 물고기는 잘만 잡는군."

보이지 않는 친구는 열대의 태양에 물고기가 상하지 않도록 몸통에 기름을 발랐다. 보이지 않는 친구가 낚시에 열중하는 동안 잡은 물고기들은 천천히 상해갔고, 어느 누구도 방파제 위에 방치된 물고기들에 손을 대지 않았다.

10월 11일

　여성명사 '카사'는 아바나 비에하에서 흔히 보는 주택 형태다. 대문을 열면 위층으로 올라가는 계단이 있고 그 안쪽으로 볕이 비치는 마당이 보인다. 마당에는 대개 하수 시설이 있는 수돗가가 있고, 화분을 놓아 보기 좋게 꾸며놓기도 한다. 카사의 중심, 중정은 아래층과 위층의 여러 세대가 함께 쓰는 공동의 공간으로 보인다. 울긋불긋 빨랫줄이 가로질러 있고, 의자를 고치는 것 같은 소소한 작업들이 이뤄지기도 하고, 카사의 입주민들이 둘러앉아 두런두런 이야기를 나누기도 한다.

　카사 전체에서 환한 자리는 중정뿐이다. 대낮에도 복도며 계단은 그늘이 져 어두컴컴하다. 그래서 천장이 없는 중정을 통해 곧장 내리비치는 햇볕은 카사 전체의 시선을, 조망을 중정으로 모은다. 카사에 발을 들여놓은 사람은 누구나 맨 먼저 주변부의 어둠을 확 밀쳐내는 듯한 중정의 강렬함에 눈길을 주게 된다. 그렇다고 중정이 유난히 채광 능력이 좋다거나 하지는 않다. 바깥채 건물이 높은 탓에 내리쬐는 직사광선의 양은 많지 않다. 그저 주변의 그늘을 밝힐 정도다. 카사 안의 일조시간도 길지 않다.

　중정은 내부의 바깥이다. 중정에는 지붕이 없다. 조각 천으로 된 차양도 없다. 광선이 곧장 내리쬐듯 비도 거칠 것 없이 들이친다. 뙤약볕을 피할 시설도, 폭우를 견딜 시설도 없다. 그래서 카사 바깥의 한데와 거의 같은 환경을 갖게 된다. 그렇게 카사는 자신의 중심에 다시금 바깥을, 한데를 품게 된다.

밀지 밀아

산책을 마치고 숙소로 막 돌아왔을 때, 누군가 바깥 출입문이 닫히기 전에 따라 들어와 등 뒤에서 나를 불렀다. 돌아보니 짙은 갈색 피부에, 파란 민소매 티와 빨간 미니스커트를 걸친 여자가 서 있었다. 여자는 길고 검은 손가락을 뻗쳐 나를 향해 튕겼다. 물방울 무늬가 현란한 손톱 2개가 내 눈앞에서 춤을 추었다.

"치카? 치카?"

나는 벗어 들면 손바닥만 하게 줄어들 팽팽한 스커트로부터 시선을 위쪽으로 옮겼다.

"어린 여자애 안 필요해?"

"글쎄."

"나는 어때?"

여자는 두어 발짝 가까이 다가와 내 뒤통수에 손을 올려놓았다. 손바닥의 열기가 뒷목을 타고 뺨으로 번졌다. 나는 고개를 틀어 여자의 손에서 벗어났다.

"필요할지도 모르지만 너는 아니야."

나는 여자 코밑의 살짝 검어지기 시작한 수염을 찬찬히 뜯어보며 말했다. 진짜 여자지만, 수염도 진짜다.

10월 12일

콘트라스트가 뚜렷한 흑백사진 몇 장을 트위터에 올렸다. 햇볕을 받는 대문과, 안쪽의 검은 그늘, 그리고 가장 안쪽에서 빛의 기둥이 내려온 듯 환한 중정을 잡았다. 집 한가운데 엘리베이터처럼 빛이 내려오다니, 하고 재밌어할 친구가 있을지도 모른다. 어렸을 때 우리 동네에는, 하얗게 페인트칠해진 나무 그네가 딸린 정원이 있는 집이 있었다. 그 집에 놀러 가 나무 벤치처럼 기다란 그네를 타고 초록색 잔디가 깔린 정원을 날아보기도 했다.

한국에도 그네 놓고 꽃나무 몇 그루 심고 잔디밭이 약간 있는 정도의 정원이 딸린 주택은 흔히 볼 수 있다. 비록 내가 살지는 못하더라도 북촌이나 연희동만 가도 그런 집은 흔하다. 하지만 그런 단독주택들에도 중정은 없다. 빛의 엘리베이터가 집 한가운데를 오르내리는 카사는 한국에는 없는 주택 구조다.

"수염 난 여자를 원하지 않는 거야, 아니면 여자 자체를 원하지 않는 거야?"

보이지 않는 친구가 낚싯대의 릴을 잽싸게 감으며 물었다.

"물론 여자는 원하지."

나는 어떻게 말해야 오해를 사지 않을지 몰라 당황했다.

"하지만 그런 거리의 여자를 원하는 건 아냐."

"그럼 어떤 여자?"

"여자가 아니라고."

"좀 전엔 여자를 원한다며?"

보이지 않는 친구가 다시 한번 심드렁하게 물었다.

"내가 그랬어? 아무튼 지금 당장 원하는 건 아냐."

"이런 젠장. 거리의 여자는 여자가 아니란 말인가?"

보이지 않는 친구가 큰 소리로 혀를 찼다.

10월 13일

　중심이 이처럼 뚜렷한 주거형태도 또 없을 것이다. 카사에 거주
하는 모든 세대에서 중정이 내려다보이고, 모든 출입문은 중정으
로 이어진다. 계단은 중정을 향해 돌아 내려가도록 되어 있다. 중정
에서 이루어지는 일은 모든 세대에 드러난다. 카사 내부의 일이 대
문을 닫으면 바깥에서 알 수 없는 데 반해, 내부인들에게는 바깥의
일처럼 낱낱이 드러난다. 내부에게만 공개된 바깥이다.

　내부의 바깥이라고 해서 특별히 좋은 점은 없다. 중정에 서보면
분위기가 약간 아늑한 정도이고, 비바람을 약간 막아주는 정도이
다. 우기에 폭우는 고스란히 카사 내부로 쏟아진다.

　카사가 여성명사라는 점에 착안해, 카사만 봐도 여성의 중심이
그리 안락한 장소가 아니지 않느냐는 의견을 낼 수 있다. 남성들
이 언제나 돌아가고 싶어 하는 곳, 안락한 요람이라는 은유의 원
관념, 평생을 두고 쫓아다니는 스위트 홈의 기원은 여성의 자궁인
데……. 이 모두는 남성들의 판타지 속에나 존재하는 것이지, 그런
낙원은 판타지의 바깥, 여성의 신체에는 없다.

　남성들이 돌아가고 싶어 하는 엄마의 자궁은 카사의 중정이 그
런 것처럼, 종종 비바람이 치고 땡볕 아래 벽의 칠이 벗겨지고 우
기에는 곰팡이가 피고 때로는 내부자들끼리의 끔찍한 폭행이 벌어
지기도 하는, 한데와 다를 바 없는 곳일 수도 있는 것이다. 여성의
자궁은 안락한 요람도 영원한 안식처도 아닌, 지극히 현실적인 장
소다.

폭우에 발이 묶였다. 말레콘으로 가려고 우산을 들고 나갔다가
숙소에서 두 블록 떨어진 호텔 내셔널 주차장에서 포기하고 돌아
왔다. 차도 띄엄띄엄 다녔다. 사방은 열대의 폭우가 만들어내는 잿
빛 세상이고 빗줄기가 우산을 때리는 소리만 요란했다. 방파제에
선 새하얗게 파도가 솟아올랐다가 부서지고 있었다. 낚시꾼들이
떠난 방파제 위로는 발할라에서 방금 뛰쳐나온 망령의 고함 같은
것들이 떠돌고 있었다.

숙소로 돌아와 마른 옷으로 갈아입고 젖은 운동화의 물기를 털
어 에어컨 아래 놓아두었다. 아직 오후 2시인데 발코니 너머 거리
는 어둡고 흐린 심연의 색에, 이끼 같은 짙은 암연의 색에 잠겨 있
었다. 빗발이 얼마나 거센지 빗줄기 안에서도 다른 빗방울에 부딪
혀 허공에서 튀어 오르는 빗방울들이 있다. 그런 빗발 속을 반팔
티셔츠 차림의 흑인이 걸어간다. 잠시 후 덩치 큰 흑인 여자와 아
들로 보이는 어린애가 손을 잡고 빗속에서 날래게 걸음을 옮긴다.
우산을 쓴 행인은 없다.

내 앞면에 일기를 쓰는 백면서생에 의하면, 대중 소비사회에서
는 생산력이 사람을 말해주지 않고 소비력이 사람을 말해준다고
한다. 그가 어떤 사람인가는 그가 무엇을 만들 줄 아느냐가 아니
라, 그가 무슨 상품을 얼마나 소비할 수 있는가, 로 설명된다고 한
다. 저 빗속의, 우산도 없이 차도 타지 않고 빗줄기를 뚫고 지나가
는 푹 젖은 행인들이 무라카미 하루키의 소설을 읽으면 무슨 생각
을 하게 될까.

10월 14일

산책을 나가려고 현관을 나섰다가 그만 열쇠를 안에 둔 채 현관
이 잠겨버렸다. 자동 잠금장치가 되어 있어 문을 닫으면 저절로 록
이 걸린다. 휴대폰은 로밍이 안 되고, 공중전화는 사용법을 모르고,
문을 열 방법이 없어 잠시 현관 앞을 서성이다가 옆집 문을 두드렸
다.

옆집은 늘 현관을 열어놓고 생활해, 쇠 덧문의 격자무늬 사이로
거실이 훤히 들여다보인다. 복도 끝의 숙소로 들어가려면 좋든 싫
든 옆집의 거실을 보아야 하고, 거실 소파에 붙박이처럼 앉아 있곤
하는 노파와 눈이 마주치면 인사도 해야 한다.

내가 손짓 발짓으로 전화기 좀 쓸 수 있겠냐고 사정을 하자 백발
의 노파가 전화기를 가져왔다. 나는 메모해둔 전화번호로 코디네
이터 리자에게 전화를 걸었다.

리자를 기다리는 동안 노파는 자신도 치노라며 내게 말을 걸었
다. 그녀는 에스파냐어를 쓰고 영어는 단어 몇 개 아는 정도였다.
나는 에스파냐어도 모르고 영어도 대화를 할 수준이 되지 못한다.

그런데도 노파와 나는 그럭저럭 대화를 나눌 수 있었다. 그녀는
자신의 할아버지가 중국인이라며, 그래서 자신도 그 피를 받아 눈
이 찢어졌다고 했다. 그러면서 자신의 아들 역시 백인이면서도 눈
이 찢어졌다고, 거실 장식장에 놓인 사진을 가져와 보여줬다.

노파는 내 눈초리를 가리키며 나 역시 자신의 혈육들처럼 눈이
찢어졌다고 했다. 나도 치노라고 했다. 그러는 사이에 리자가 왔다.

비가 물러가고 정오가 가까워 해가 났다. 비는 그쳤지만 파도는 아직 잦아들지 않아, 물보라가 방파제 위로 어른 키만큼 솟구치고 있었다. 파도가 방파제를 때리며 부서질 때마다 천둥소리가 났다.

방파제 위엔 낚시꾼들이 다시 나와 줄지어 앉아 있었다.

"헤이, 친구."

돌아보니 늘씬한 물라토 여자가 방파제에 걸터앉아 나를 부르고 있었다. 지난번 보이지 않는 친구가 낚시를 하던 그 자리였다. 그녀는 나를 향해 손가락을 까딱까딱했다.

"나 어때?"

가까이 마주 서고 보니 입에서 담배 냄새가 났다.

"여자, 어린 여자 좋아하냐고."

여자는 몸을 약간 옆으로 틀고 손을 뻗어 허벅지부터 가슴까지 쭉 훑는 시늉을 했다. 미니스커트를 걸친 왼쪽 허벅다리 안쪽에 한 자로 명산名山이라고 흐릿하게 문신이 새겨져 있었다.

"내가 몇 살로 보여?"

내가 꾸물거리자 여자는 자기는 16살인데, 믿기지 않느냐고 되물었다.

"안 믿겨. 어딜 봐서 네가 열여섯이야?"

여자는 잠깐 나를 노려보더니 다시 손가락을 까딱했다.

10월 15일

숙소인 아파트 앞에는 개를 데리고 혼잣말을 하는 여성이 있다. 개는 닥스훈트의 피가 섞였는지 허리가 길고 다리가 짧고 누런 털색에 귀가 길다. 어쩌면 그냥 닥스훈트일 수도 있다. 이 개는 혼잣말하는 그녀의 곁을 떠나지 않는다. 다섯 발짝쯤 떨어져 서성이거나 잠들어 있다. 그녀가 모퉁이를 돌아 코너 저편으로 자리를 옮기거나 산책을 나서면 개도 따라나선다. 그렇지만 그녀가 대체로 아파트 앞을 떠나지 않기에, 개 역시 아파트 앞 그늘에서 종일 잠을 잔다.

개는 아파트 앞을 화장실로 쓴다. 외출했다 돌아오는 길에 꼭 아파트 앞에서 개똥을 보게 된다. 주린 배를 채우고 깊은 잠을 자려고 이제 막 숙소 앞에 도착한 사람의 발 앞에 개똥이라니. 개를 데리고 다니는 여성은 근처에 산다. 옷은 깔끔하고 자주 씻는지 냄새도 나지 않고 피부도 깨끗하다. 어쩌면 개는 그녀의 개가 아닐 수 있다. 그저 우연하게 둘이 친구가 된 것일 수도 있다.

혼잣말하는 여성은 중심을 잃어버렸다. 그래서 말이 대상을 갖지 못하고 줄줄 새 나오는 것이며 이웃, 즉 타자가 무엇을 의미하는지도 알지 못한다. 나, 즉 중심이 없으면 남, 즉 타자도 없다. 나와 남의 구분이 그녀에게는 없다. 중심이 없는 사람은 어디를 향해 말을 해야 할지, 시선을 어디에 두어야 할지 모른다. 그래서 내게 말을 걸어도 그녀는 자신에게 말하는 것이며, 자신에게 말하면서도 눈은 남을 향하고 있는 것이다.

놀라 놀아

나는 여자를 보이지 않는 친구가 보냈다고 생각했다. 그녀는 자기를 '롤리의 숙녀들'의 하나라고 소개했다. 못 알아들은 내가 이름이 뭐냐고 다시 묻자 "다나이스"라고 했다. 여자는 깊이 없이 빛나는 호박색 매니큐어를 칠한 손가락 2개를 놀려 휴대폰의 메모장을 열고는 'Danais'라고 써넣었다. 그럼 롤리의 숙녀들은 뭐냐고 묻자 그건 "우리들 이름"이라고 했다.

나는 보이지 않는 친구가 너를 보내지 않았느냐고 물었다.

"그러니까 누군가가 나를 당신한테 보냈는데, 그게 보이지 않는 친구란 말이지요?"

여자가 따지듯 물었다.

"그래."

"그럼 그 보이지 않는 친구한테 직접 물어보지그래요? 날 보냈는지 않았는지…… 보이지 않아서 물어볼 수 있을라나?"

여자는 내 뺨이 빨개질 때까지 웃었다. 그러다 진정하고는 내 찢어진 눈초리를 손가락으로 가리켰다.

"우리 숙녀들 중에도 중국인 피가 섞인 애가 하나 있어."

나는 다나이스라는 이름의 여자를 근처 식당으로 데려갔다. 말레콘 너머 바다가 한눈에 내려다보이는, 도로변 건물의 2층에 자리한 식당이었다.

10월 16일

한국의 출판사에서 메일이 왔다. 새 책 표지의 디자인 시안이다. 표지 시안 5개 가운데 하나를 골라 의견을 적어 보내면 된다. 마음에 드는 표지는 두 번째 시안이다. 두 번째 시안은 생선 비늘 같은 은색이 바탕색을 이루고 있다. 시력을 잃은 눈동자처럼 공허한 회색이기도 하다. 그 은색이자 회색인 바탕색의 한가운데를 인디고색의 조그만 소년이 달리고 있다. 혼자서, 냉랭한 광선만 가득한 어느 세계의 한가운데를.

소년의 발치에는 소년과 똑같은 인디고색의 그림자가 기다랗게 늘어져 있다. 소년보다 한 배 반은 큰 그림자이지만, 소년이 워낙 작아 그림자도 그리 크지 않다. 전체 표지 사이즈에 비하면, 소년과 소년의 그림자는 어쩌다 흘린 잉크 얼룩 정도다.

소년은 혼자다. 이 광활하고 막막한 세상에서 그림자를 벗 삼아 달리고 또 달린다. 나는 느낌이 왔다, 독자들이 이 인디고 소년에 감정이입을 해줄 거라는. 자신이 표지의 소년처럼 광막한 세상을 홀로 달리고 있다고 느낀 독자들이 지갑을 열어줄 거라는.

비가 그치기를 기다렸다가 말레콘으로 나가 다나이스를 찾았다. 두 번째 만남이었다. 오늘도 바다가 내려다보이는 식당에서 닭 요리와 맥주를 사 주었다. 파도가 칠 때면 흰 거인들이 방파제로 몰려오는 것만 같았다. 그녀는 기름 묻은 손으로 내 뒷머리를 쓰다듬으며 나를 좋아한다고 속삭여주었다.

내 이름은 '명산'이라고 가르쳐주었다. 그녀는 "명산" 하고 거의 정확한 발음을 냈다. 그녀는 나와 눈을 맞추며 "명산" 하고 불렀다. 이로써 나는 그녀의 허벅지에 달라붙은 존재가 되었다. 그녀는 실제로도 내가 자기 허벅지에 달라붙길 바랐다. 식당에 처음 데려간 날, 그녀는 손을 뻗어 내 뒷머리를 쓰다듬기도 하고 자기네 하우스에 가보고 싶으냐고도 물었었다.

우리가 처음 본 날 그녀는 평소 영업시간보다 조금 일찍 나와, 하우스 앞 방파제에서 그저 바닷바람을 쐬고 있었다고 했다. 그때 마침 내가 지나갔고, 그녀는 날 불러 세웠다. 이유는 물을 필요가 없었다. 그게 그녀의 일이다. 내가 아닌 누구라도 그녀는 불러 세웠을 것이다.

그러니까 그녀에게 나를 보낸 건 가난한 자들의 신, 요행이었다.

"그렇구나. 난 정말 요행의 신을 섬겨. 내 신은 요행이라고."

그러면서 요행의 신의 다른 이름은, 숙취와 삶의 자잘한 근심거리들과 지랄 맞은 태양과 말레콘의 시원한 바람이라고도 했다.

비가 그치지 않는다. 파도가 한번 방파제를 때리면 물보라가 축축한 유령처럼 말레콘의 상공을 뒤덮는다. 파도가 카메라를 훔치려고 방파제 너머 이쪽으로 손아귀를 뻗는다. 바람에 실려 다니는 바닷물 방울이 얼굴에 말라붙어 소금이 버석거린다. 나는 빗속을 뚫고 와이파이존으로 가 출판사 편집자에게 메일을 보냈다.

"두 번째 시안으로 했으면 좋겠어요."

표지 디자인이 독자의 감성을 자극해 지갑을 열게 해줄 거라는 이야기는 하지 않았다. 표지의 소년은 정작 소설에는 등장하지 않는다. 표지만 본 독자들은 그 사실을 영영 모를 것이다.

친구들은 늘 "소설 읽을 시간도 없다"고 자그만 소리로 불평을 해댄다. 그들에게 소설이란 짬이 나면 겨우 펼쳐 드는 오락거리다. 심지어는 글을 쓰는 것이 직업인 친구들도 그렇다.

말레콘으로 나가 다시 보이지 않는 친구를 찾았다. 그가 있어야할 장소에 개가 두 마리 있었다. 털이 짧은 검고 마른 개 한 마리와 누런 기가 도는 털이 짧은 마른 개 한 마리였다.

작열하는 태양이 피부병에 걸려 볼품없어진 개들의 털까지 눈부시게 만들고 있었다. 꿈속처럼 환했다. 콘크리트가 파인 자리마다 빗물이 고여 거울처럼 번쩍거렸다. 개들은 굶주려 배가 홀쭉하고, 너무 마른 탓에 껑충 뛰어오를 때마다 늑골이 절그럭거리며 무너져 내릴 듯했다. 하지만 이빨만은 하얗고 날카로웠다. 검은 개와 누런 개가 짧은 거리에서 쫓고 쫓기며 이빨을 드러내고 서로 달려들었다.

어느 순간 검은 개의 허리 아랫부분에서 새빨간 막댓가지 같은 것이 튀어나왔다. 햇빛이 강한 탓에 더 새빨개 보였다. 검은 개가 누런 개의 뒤에 올라타고는 급하게 허리를 앞뒤로 흔들었다. 겨우 몇 초였다. 그러고는 다시 떨어져 서로 쫓고 쫓았다. 누런 개가 몇 번이나 검은 개의 어깨를 가볍게 물었다 놓았다.

10월 18일

3일째 비가 내리고 있다. 10월은 우기의 마지막 달이다. 3일 내내 외출해서는 겨우 메일만 교환하고 숙소로 돌아오곤 했다. 오늘도 나는 평소처럼 가방을 둘러메고 우산을 쓰고 플로리다해협의 폭우 속으로 들어섰다.

언덕길을 올라가다 보니, 백인들이 헤어숍 처마 아래 열두어 명쯤 옹기종기 모여 비를 피하고 있었다. 나는 잠시 걸음을 멈추고 그들에게 미소를 지어 보였다. 우산들은 어쨌니? 내 우산 대단하지? 이런 뜻의 미소였을 것이다. 그들도 나를 보고 미소를 지었다. 손가락을 추켜올리는 친구도 있었다. 대부분 웃는 표정이었다.

나는 호텔 리브레 근처의 와이파이존에서 메일을 보내고 숙소로 돌아왔다. 숙소에 도착할 때쯤 비가 잠깐 그쳤다. 나는 자동차 보닛 위에서 반짝이는 물방울을 찍기 위해 카메라를 찾았다. 백팩의 지퍼가 반쯤 열려 있었다. 백팩 바닥에는 빗물이 고여 찰랑거리고 있었다. 카메라 전원이 ON으로 켜져 있었다.

아까 말레콘에서, 미친 파도를 찍기 위해 카메라를 꺼냈다가 집어넣으며 가방 지퍼를 끝까지 닫지 않았다는 사실이 떠올랐다. 카메라를 들자 물이 줄줄 흘러내렸다. 나는 여행의 중심을 잃었다.

폭우 속에서 우산을 쓰고 다나이스를 만나곤 하던 곳으로 나왔
다. 방파제도, 산책로도, 차도도, 건물들도 모두들 비에 젖었고 을
씨년스러웠다. 인도에도 차도에도 인적이 없었다. 어쩌다 말레콘
에 들어선 차들도 파도를 피해 안쪽 차선으로만 달렸다. 해가 지기
시작하면 강렬한 오렌지 빛깔을 뿜던 석조 건물들도 칙칙한 납빛
으로 가라앉고 있었다. 콘크리트로 된 방파제만 이끼색으로 반짝
였다. 나는 검은색 우산을 쓰고 방파제를 등지고 차도 건너편 건물
들을 향해 섰다. 운동화가 먼저 젖고 다음엔 어깨가, 이어서 반바지
의 바짓단이 젖기 시작했다. 우산이 두 번쯤 뒤집히자 팬티 속까지
축축해졌다. 차도 건너편에서 그녀가 나타나 길을 건너왔다.

"비를 좀 피하자고. 둘 다 우리 하우스야. 어느 쪽으로 갈 테야?"

그녀는 창문에 유리만 겨우 붙어 있는, 해풍에 삭아가는 석조 건
물 두 채를 번갈아가며 가리켰다. 왼편은 3층이고 오른편은 4층이
었다. 산책길에 매일 보던 카사였는데, 룰리의 숙녀들의 하우스일
거라곤 생각도 못 했다. 내가 머뭇거리자 그녀는 다시 길을 건너
하우스로 돌아갔다. 입구에서 중년 백인이 벌겋게 드러난 배를 벅
벅 긁으며 그녀에게 무언가 상스러운 말들을 뱉었다. 그러면서 왼
손 네 손가락을 펼쳐 그녀의 어깨를 쿡쿡 찔렀다. 그녀는 중심을
잃지 않으려고 비틀거리다가 기둥까지 밀렸다.

나는 걸음을 멈추고 우산을 접었다가 다시 폈다. 그러고는 잠시
중년 백인에게 눈길을 주다가, 그녀에게 다음에 보자는 뜻으로 손
을 흔들었다.

10월 19일

　카메라 없이 숙소를 나와 말레콘을 거쳐 카피톨리오까지 걸었
다. 이번 여행에서 내 손은 하루도 카메라와 떨어져본 적이 없었다.
내 눈은 이제껏 카메라의 렌즈를 통해서만 풍경을 봐왔다. 액정의
네모난 프레임을 통해서 세상을 봤다.

　삶의 중심을 잃으면 어디를 걸을지, 어디를 향해 걸을지도 잃게
된다. 나는 아바나에서 가장 번화한 오비스포 거리를 정처 없이, 왜
걷는지도 모른 채 걷다 돌아왔다. 오비스포 거리는 파크 센트럴에
서 동쪽에 있다. 파크 센트럴의 중심에 서 있는 호세 마르티 석상
의 손가락이 가리키는 방향을 따라가다 보면 나온다. 호세 마르티
는 19세기 시인이자 출판인이자 혁명가이자 쿠바 민요 〈관타나메
라〉의 원작자이기도 하다. '관타나모의 촌뜨기 아가씨'라는 뜻의
〈관타나메라〉는 내 숙소 맞은편 레스토랑에서도 밤 10시쯤에 들을
수 있다.

　그 관타나모 맞다. 미 해군기지에, 테러리스트로 짐작되는 용의
자들을 감금해놓은 수용소가 있는 곳.

놀아 놀아

　오늘은 하우스 입구를 지키는 백인이 없었다. 나는 다나이스를 따라 왼편 카사로 들어갔다. 비는 그쳤지만 배수에 문제가 있는지 카사 안 중정이 물바다가 되어 있었다. 그녀를 따라 돌계단을 올라 2층 방으로 갔다. 방에 들어가자마자 그녀는 선홍색 스판 끈 민소매를 훌러덩 벗고는 반바지도 끌어 내렸다. 그녀의 매끄러운 초콜릿색 몸뚱이가 나쁜 조명 아래서 섹시하게 꿈틀거렸다. 땀에 젖은 몸에서 황금색 윤기가 흘러내렸다. 씻으려고 들어간 화장실엔 좌변기 뚜껑이 없었다. 엉덩이를 걸칠 시트도 없었다. 똥을 누려면 엉거주춤 서서 눠야 했다.

　나는 하우스 입구에 서 있던 그 남자는 누구냐고 물었다. 그녀는 그가 이곳 숙녀들의 마스터라고 했다.

　그녀는 산티아고가 고향이라고 했다. 산티아고는 아바나에서 꼬박 하루를 고속버스를 타고 가야 하는 거리에 있다고 했다. 그녀는 서랍장에서 지도를 꺼내 왔다. 그러고 보니 그녀는 돈 벌러 아바나까지 온 산티아고의 시골 처녀였다. 나는 산티아고는 몰라도 관타나모는 안다고 했다. 산티아고와 관타나모는 지도에서 이 섬나라의 동남쪽 끝자락에 나란히 붙어 있다. 그녀는 내 성기를 만지작거리며 나지막이 〈관타나메라〉를 흥얼거렸다.

　관타나메라 과히라 관타나메라. 이봐요, 관타나모의 촌뜨기 아저씨…….

10월 20일

멋진 파도가 방파제에 와서 부서질 때마다 문득 카메라가 아쉬워진다. 손가락 틈새로 무언가 값진 순간들이 흘러내려 빠져나가는 느낌이다. 젖은 방파제 위로 빛나는 햇살을 헤프게 흘려버리는 느낌이다. 말레콘을 질주하는 아이들의 다갈색 어깨에 맺힌 땀방울을 그냥 놓아주는 일이 무슨 죄악처럼 느껴진다.

카메라가 없으니 내 두 손은 자유롭다. 백팩은 가볍고 시야는 훨씬 넓어졌다. 6.4×4.4짜리 직사각형 액정에서 벗어난 내 두 눈은, 플로리다해협을 넘어 키웨스트까지 담을 기세다. 내 두 눈은 어느 때보다 스피디하다. 내게 주어진 세상을 그 즉시 모두 볼 수 있다.

그렇지만 그 무엇도 가져갈 수는 없다. 빈손으로 숙소에서 나와 빈손으로 숙소로 돌아간다. 나는 문명의 이기가 주는 구속에서 자유로워졌다고 우기는 빈털터리가 된 느낌이다.

어제, 다나이스의 약간 쉰 목소리가 나를 자극했다.

"나는 야자수가 자라는 고장에서 자란 순박한 처녀예요.
내 배고픈 영혼의 시를 바쳐요. 내 시는 창백한 초록색이지만
내 영혼만큼은 불꽃처럼 시뻘개요. 나는 병든 사슴.
숨을 곳을 찾고 있어요. 이봐요, 관타나모의 촌뜨기 아저씨.
나는 이 땅의 가난한 사람들과 더불어 오늘도 시를 뿌려요."

그녀는 관타나메라 과히라 관타나메라……라는 후렴구를 스무
번쯤 조금씩 소리를 줄여가며 반복했다. 그러고는 그 귀여운 입에
내 성기를 넣고 다시 노래를 흥얼거렸다. 그렇게 30분이 흘렀다.
하지만 침이 묻어 축축해진 내 성기는 고무로 만든 장난감처럼 늘
어나기만 할 뿐 단단해지지는 않았다. 그녀는 잔뜩 실망한 얼굴로
고개를 들었다.

나는 즉시 이 수치스러운 상황이 누구 덕분인지 알았다. 내 앞면
에서 일기를 쓰는 놈 때문이다. 그놈이 법과 도덕과 사랑에 어긋난
섹스는 거부하고 있었고, 따라서 나는 그쳤던 폭우가 다시 내리기
시작할 때까지도 남자의 단단한 명예를 되찾지 못했다.

그녀가 일어나 커튼을 젖혔다. 깊게 갈라진 궁둥이가 실룩이며
내 두 눈을 사로잡았지만 여전히 아무 일도 일어나지 않았다. 우중
충한 구름 떼가 창밖 풍경 전체를 잡아먹고 있었다.

10월 21일

　표지 시안을 최종 오케이했다. 기분은 조금도 나아지지 않았다. 겨우 카메라 한 대 때문에 사람이 의기소침해질 수 있다는 사실이 믿어지지 않는다. 어제 숙소에서 코디네이터인 리자에게 유선전화를 걸어 카메라 고칠 수 있는 곳을 알아봐달라고 했다.

　오비스포 거리는 차량이 통제된 쇼핑가다. 서울의 명동 같은 곳이고, 아디다스나 나이키, 랑콤이나 샤넬 같은 수입 브랜드들도 만나볼 수 있다. 나는 오비스포 거리를 몇 번이나 왕복하며 상점들을 기웃거렸다. 하지만 카메라 파는 상점은 눈에 띄지 않았다. 수입 잡화점에 들러 카메라가 있냐고 물었더니 두 블록 위 어느 상점으로 가보라고 했다. 그 상점에 가 카메라가 있냐고 했더니 고개를 갸웃하며 네 블록 위의 빨간 차양을 두른 상점에 가보라고 했다. 빨간 차양집에서는 한 블록 위 사진 현상을 해주는 사진관에 가보라고 했다. 사진관 점원은 거리를 나가 호텔 모퉁이에 있는 찰스 브라더스 백화점에 가보라고 했다. 백화점에서도 허탕이었다. 백화점 앞 호객꾼에게 물었더니 다시 오비스포 거리를 가리켰다.

　오비스포 거리에서 모든 과정을 거꾸로 되풀이했다. 다시 한 블록 두 블록 하며 이번엔 거리를 내려갔다. 그렇게 대여섯 군데 상점을 들렀더니 어느새 거리 끝에 다다랐고, 커다란 창고 건물에 그려진 체 게바라의 초상을 만나게 되었다. 게바라는 아바나를 찾은 21세기의 동양인 여행객이 고작 카메라 파는 곳을 못 찾아 이 고생을 할지는 미처 몰랐겠지.

이제 다나이스를 만나도 할 수 있는 일은 잡담뿐이다. 시원한 부
카네로 맥주를 쭉쭉 들이켜다가도 그녀는 고향집 얘기만 나오면
아랫입술을 깨물었다. 산티아고 고향집엔 텔레비전도 없다고 했
다. 아마 텔레비전이 없다는 게 상경을 결심한 이유 같았다. 그녀
의 지금 아바나 하우스엔 LG 로고가 붙은 벽걸이 텔레비전이 있
었다.

그녀는, 한국에서 내 앞면의 가난뱅이가 사는 집에도 텔레비전
이 있는지 궁금해했다.

"한국이라면 북쪽, 남쪽?"

그녀가 물었다.

나는 남한이라고 했다. 어느새 먹구름이 물때가 쭉 빠져 흰 구름
이 되어 있었다.

"거긴 어때? 남쪽 한국."

"그냥, 잿빛의 나라지. 여긴?"

"쿠바는 보다시피, 원색의 나라야."

그녀가 본 적도 없는 아버지는 러시아 사람이었다, 엄마의 말을
믿자면. 아버지가 다른 여동생은 고향 산티아고에서 고등학교를
다니고 있다. 엄마와 동생은 흑인에 가까운 물라토고, 백인인 러시
아 남자와 낳은 그녀만 그래서 조금 더 밝은 갈색 피부를 갖고 있
다고 했다. 그녀는 가족의 피부색을 밀크초콜릿과 다크초콜릿의
차이에 비유하면서 소리 내 웃었다.

10월 22일

편집자에게게서 이제 표지도 정해졌으니 출간을 서두르겠다는 메일이 왔다. 제목은《장원의 적자嫡子》. 표지를 보면 소년 발치의 그림자가 소년과 반대 방향으로 달리고 있다. 넌 이쪽으로 달려봐, 난 저쪽으로 달려볼게. 먼저 세계의 경계에 도달하는 쪽이 모닥불이라도 피워 올리자고. 촌스럽게 요즘 누가 모닥불을 피워? 그럼? 조명탄을 쏴야지. 미쳤군, 이따위 세상에 조명탄 권총이 어디 있으라고. 표지에서 중심은 소년이다. 하지만 의미 없게도, 그 세상에는 중심 말고는 다른 아무것도 존재하지 않는다.

정작 소설 속에 소년은 없다. 입이 무거운 40대 남성이 주인공이다. 박물관 수장고의 서늘하고도 외로운 자리에 앉아 꼬박 15년을 근무해온 이 남성은, 하루에 하는 말이 원고지 두어 장 분량을 넘지 않는다. 그의 평소 신념은 '남성은 행동, 여성은 말'이었다. 일 못하는 부하는 용서해도 말 많은 부하는 못 참았다. 집 안에서도 말은 여자인 아내가 하는 거라고 굳게 믿고 있다. 갑자기 성욕이 치밀어 아내를 침대로 끌고 갈 때도 절대로 두 문장 이상은 내뱉지 않는다.

코디네이터 리자가 전화를 했다.

"여기는 카메라 애프터서비스센터 그런 거 없고요. 냉장고니 텔레비전이니 이것저것 다 잘 고치는 사람을 수배해서 그 사람한테 맡겨야 한대요."

앞면의 세계에 사는 사기꾼이 이런 얼토당토않은 내용을 써서 책으로 내려고 하고 있다. 소설 《터프가이 협회의 남자》.

주인공 터프가이는 이성 애인이 생겼다는 사실을 '터프가이 협회'의 다른 회원에게 들킬까 봐 전전긍긍한다. 협회가 연애를 금지하지는 않지만 여자와 어깨를 나란히 하고 서서 거리를 활보한다는 사실은 분명 수치스러운 일이었다. 애인이 이것 먹으러 가자, 저거 사러 가자, 하고 남자가 잠자코 따라간다는 사실은 틀림없이 웃음거리가 될 일이었다. 데이트의 주도권은 여자가 쥐어선 안 된다.

터프가이는 여자를 집 안에 놓아 키우는 가축쯤으로 알았던 시절이 그리웠다. 그런 시절엔 태어나지도 않았지만 어쨌든 향수가 느껴졌다. 술이 약한 애인을 못마땅해하면서도, 어떻게 여자들이 술을 마실 수 있느냐고 따지고 들었다. 그에게는, 맥주 한 박스를 들고는 못 가도 마시고는 갈 수 있는 주량이 대단한 자랑거리였다. 애인이 잔소리를 시작하면 여자한테는 밥 대신 꼴을 베어 주어야 한다고 속으로 구시렁댔다. 애인이 칭얼대며 안겨 오면 애무는 남자만 하는 거라고 어깨로 밀어냈다. 그는 올해 나이 스물아홉이다.

룰리의 하우스에도 그런 터프가이, 백인 마스터가 산다. 아까 산책길에 지나는데, 이번엔 백인 숙녀의 어깨를 쿡쿡 찌르며 욕지거리를 뱉고 목을 졸랐다.

숙소에서부터 카피톨리오까지 주거지역을 따라 쭉 걸었다. 말레
콘에서 두어 블록만 안쪽으로 들어오면 삼사 층짜리 카사가 좌우
로 늘어서 있고, 아바나 시민들의 평소 생활공간을 엿볼 수 있다.
커피와 쿠키를 파는 한 평짜리 카페와 피자를 데워 파는 피자집이
귀퉁이마다 있고, 반바지만 입은 아이들이 골목에서 공을 찬다.

민소매 러닝셔츠를 걸친 사내가 책상 앞에 앉아 납땜을 하고 있
는 만물수리집을 찾았다. 수리집의 반절은 텔레비전 브라운관이며
냉장고 모터며 라디오 기판, 랩톱 본체 같은 것들이 시커멓게 거리
의 분진을 뒤집어쓰고 쌓여 있었다. 리자가 말한 아무거나 다 잘
고치는 사람이었다. 하지만 카메라는 도저히 맡길 수가 없었다.

카피톨리오까지 가면서 눈에 띈 거의 모든 상가에 들어가 카메
라가 있는지 살펴봤다. 그러다 결국 해 질 녘쯤 오비스포 거리에
다시 발을 들여놓았다. 거리 입구에는 소설가 헤밍웨이가 자주 찾
았다는 술집 라 플로리디타가 있다. 그가 즐긴 다이키리 칵테일을
맛보려고 저녁이면 길가까지 긴 줄이 늘어선다. 나도 내 차례를 기
다리며 30분이나 줄을 섰다.

보이지 않는 친구를 찾아 다나이스 얘기를 했다. 당신이 내게 보
냈냐고는 묻지 않았다. 그럴 때는 지났다.

"그래, 걔가 원하는 게 뭐야?"

나는 그녀가 원하는 게 뭔지 생각해보았다. 맥주, 피자, 지폐 몇
장, 잡담…….

"걔를 만족시켜주고는 있어?"

만족시켜준다는 게 섹스의 의미라면 나는 결코 답할 수 없었다.
그건 수컷에겐 큰 수치였다. 나는 부끄러움을 감추려고 갑자기 수
다스러워졌다. 그녀가 산티아고 출신이며, 아바나에는 돈을 벌려
고 왔고, 얼굴도 모르는 아버지는 러시아인이라고 했다.

"러시아 공관이 서쪽 하구 건너편에 있지."

"아, 그래?"

"쿠바에 있는 러시아인들은 그쪽에서 정보를 다 관리하지 않겠
어? 그쪽의 보이지 않는 친구들도 만만치 않다고 들었는데."

보이지 않는 친구가 하늘이 찢어지는 소리를 내며 낚싯대를 던
졌다.

"걔 하우스에 입이 더러운 놈이 하나 있는데. 손버릇도 나쁘고."

나는 하우스 입구에 가끔 나와 있는 뚱뚱이 마스터에 대해 이야
기했다. 그러고는 보이지 않는 친구에게 당장 쓰지 않는 낚싯대가
있으면 하나 팔라고 했다.

10월 24일

서양 여행객이 들고 있는 카메라의 기종을 유심히 뜯어보는 버릇이 생겼다. 카메라를 좀 볼 수 있겠냐며 빼앗아 모델명을 살펴보기도 한다. 말레콘에서 카메라를 들고 다니는 사람은 대개 외국인이다. 쿠바인 같아도 기다란 줌렌즈가 달린 카메라를 들고 있으면 멕시코인 관광객일 가능성이 크다. 어디서 왔느냐고 물으면 귀여운 발음으로 "메히꼬" 하고 답한다.

오늘도 팔뚝만 한 망원렌즈가 달린 캐논 카메라를 멘 서양인을 만났다. 그는 한쪽 다리를 앞으로 뻗고 다른 쪽 무릎은 살짝 굽힌 자세로, 아바나 만灣 좁은 입구 건너편 모로 성城에 자리한 등대를 찍고 있었다. 그는 뷰파인더에 눈을 박고는, 밀려드는 파도에 햇빛이 가장 아름답게 부서지는 순간을 기다리고 있었다.

처음엔 그저 부럽다는 생각뿐이었는데 그 기다란 줌렌즈의 초점거리를 당겼다 풀었다 넣었다 뺐다 하는 모습을 보곤, 문득 지난 며칠 동안 내 마음에 와 끝도 없이 부딪히던 감정의 정체를 깨달았다. 허전함보다 강렬하고, 상실감보다 서글픈. 카메라를 쓸 수 없게 된 순간 나는 어떤 의미에서 거세되었던 것이다.

나는 다나이스를 만나 그녀의 아버지 얘기를 했다. 그녀는 마치 남의 얘기 하듯 재밌어했다. 그녀는 맥주 한 캔을 사 주면, 그 캔을 다 마실 때까지 듣기 좋은 얘기로 내 기분을 맞춰주었다.

그녀는 휴대폰에 저장해둔 사진 파일을 열었다. 고향을 떠나올 때 엄마가 쪽지에 적어 준 아버지의 아바나 주소였다. 나는 그 주소를 메모장에 받아 적었다. 그러고는 지도를 펴 그녀의 허벅지와 내 허벅지 사이에 걸쳐놓았다.

"바다가 보인다고 해서 미라마르야."

그녀는 아바나 지도의 서쪽 지역을 집게손가락 끝으로 찍었다. 서쪽으로 쭉 가면 하천과 바다가 만나는 좁다란 하구가 나올 텐데, 다리가 있으니 건너라고 했다. 그녀는 그곳이 부자들, 백인들이 많이 사는 곳, 외국 공관들이 많은 곳이라고 했다. 그녀와 내가 있는 곳에서 동쪽으로 방향을 잡으면 카피톨리오와 오비스포 거리가 나왔고, 서쪽으로 방향을 잡으면 러시아 공관이 있는 미라마르 지역이 나왔다.

"뭐 하려고?"

"아빠가 보고 싶지 않아?"

"아니, 전혀. 너는?"

그녀는 까르르 웃더니 캔을 구겨 쓰레기통에 던져 넣고는, 손등으로 내 아랫도리를 툭 치고 자리에서 일어났다.

10월 25일

어제저녁 호텔 리브레 근처 와이파이존에 인터넷을 하러 갔다가 카메라를 봤다. 생수를 사러 들어간 잡화점 안쪽 코너였다. 아바나에서 처음 본, 포장을 뜯지 않은 새 카메라였다. 진열된 카메라는 두 종류. 파나소닉에서 나온 콤팩트 카메라였다. 나는 한참 포장을 들여다보다 숙소로 돌아왔다. 손바닥 반만 한 콤팩트 카메라지만 디지털이 아니라 광학줌 기능이 있다는 점이 마음에 들었다. 수전 손택은《사진에 관하여》에서 1977년에 이미, 내가 결국 저 조그만 쏘는 기계를 사게 될 것임을 예언했다.

> 사진을 찍는 행위는 뭔가 약탈하는 듯한 요소가 있다. (…) 사진은 피사체가 된 사람을 상징적으로 소유할 수 있는 사물로 만들어버린다.*

그러므로 카메라를 잃었다는 건 누군가를 상징적으로 소유할 수단을 잃어버렸다는 말과 같다. 내가 그렇다. 우리말에서 사진과 함께 쓰이는 '찍는다'거나 '박는다'거나 하는 서술어들은, 순전히 남성의 입장에서 종종 저속한 성적인 의미로 쓰인다. 평소에도 저속한 남성이거나, 아니면 어쩌다 저속한 기분을 내고 싶을 때 남성들이 자신의 자랑스러운 아랫도리를 떠올리며, 그 아랫도리에 달아주는 서술어들이다.

----

* 수전 손택, 《사진에 관하여》, 이재원 옮김, 시울, 2005년, 34쪽.

새벽부터 해가 났다. 일찍 집을 나서 인터넷을 좀 하고 미라마르
방향으로 걷기 시작했다. 카피톨리오의 정반대쪽이다. 서쪽으로
갈수록 카사들이 점차 시야에서 사라졌다. 공동주택인 카사가 사
라지고 현대식 단독주택들이 나타나기 시작했다. 정원과 주차장이
딸리고 벽은 매끈한 석재거나 원색 도장이 되어 있었다. 현관에 감
시 카메라를 단 집들도 조금씩 눈에 띄었다. 다나이스가 말한 부촌
이 시작된 듯했다. 도로도 더 넓어지고 깨끗해지고 곧아졌다. 도로
변 야자수들도 정갈하고 촘촘해졌다. 인도도 넓어졌다. 떠돌이 개
들도 눈에 띄지 않았고 개똥도 없었다. 그리고 어느 순간부터 거리
에 백인들이 더 많이 돌아다니고 있었다.

고깃배들이 드나드는 하구의 입구에 이르자, 미라마르 쪽으로
건너갈 수 있는 보행자 다리가 나타났다. 차들은 강 밑으로 뚫린
터널로 하구를 건넜다. 오후 4시쯤, 나는 미라마르 지역의 러시아
공관 앞에 서 있었다. 주소는 틀림없었다. 나는 저물녘이 다 될 때
까지 길 건너편 벤치에 앉아 그 괴상하게 생긴 러시아 공관을 바라
보고 또 바라봤다.

돌아오는 길에 숙녀들의 하우스에 들렀다. 보이지 않는 친구에
게서 산 낚싯대를 꺼내 두 번 펴서 한 팔 길이가 되게 늘렸다. 그러
곤 하우스로 들어가 중정까지 똑바로 걸어가, 의자를 내다 놓고 앉
아 꾸벅꾸벅 졸고 있던 마스터를 두들겨 팼다.

10월 26일

결국 못 참고 아침 일찍 환전을 해선, 10시에 잡화점이 열리자마자 카메라를 샀다. 점원이 미소를 지으며 사용 언어를 에스파냐어에서 영어로 바꿔주었다. 나는 바로 숙소로 돌아와 매뉴얼을 읽으며 배터리를 충전했다. 카메라에 성적인 의미만 있지는 않다. 수전 손택은 뭐라고 썼을까.

> 카메라가 총의 승화되듯이, 누군가의 사진을 찍는다는 것은 살인의 승화이다. 그것도 슬프고 두려운 이 세상에 어울리는 부드러운 살인. (…) 이제 사냥꾼들은 윈체스터 소총 대신에 하셀블라드(고속 촬영이 가능한 카메라의 하나)를 들고 다니며, 총구를 겨냥하기 위해서 망원경을 들여다보는 대신에 피사체를 프레임 속에 제대로 넣기 위해서 뷰파인더를 들여다본다.*

때문에 헤밍웨이가 수렵 여행을 다녔을 것 같은 아프리카의 초원이 지금은 사진 촬영 여행지로 변했다고 손택은 말한다. 어떤 남성들에게는 카메라 줌렌즈는 상징적으로, 사냥총의 총신이기도 하고 남성 성기이기도 하다.

----

* 수전 손택, 앞의 책, 34쪽.

오늘도 서쪽을 향해 걸었다. 오후 2시가 다 되어 러시아 공관 앞에 도착했다. 오면서 말레이시아 대사관을 봤다. 중국 문화원도 보고. 미라마라 지역엔 호텔과 외국 공관이 즐비했다. 러시아 공관은 만화영화 캐릭터 마징가 제트를 빼닮았다. 어떻게 일본 공관도 아닌 러시아 공관의 겉모습이 마징가 제트를 저리도 빼닮을 수가 있는지 믿기지 않을 정도다. 혹시 저 콘크리트 껍질이 좌우로 갈라지면서 진짜 마징가 제트가 하늘로 날아오르는 건 아니겠지?

10월 27일

사진을 찍고 있으면 다가와 제 카메라를 들이밀며, 서로의 카메라에 달린 줌렌즈의 길이를 견주어보는 게 바로 남성들이다. 그들은 카메라로 실제로 그런 짓을 한다. 탈의실에서 팬티를 내리고 서로 고추 길이를 대보는 10대들처럼.

새 카메라를 샀다는 소식을 트위터에 올렸다. 아바나에서는 붙들고 자랑할 만한 상대가 없기 때문이다. 나는 기쁜 마음에 거의 "자지를 떼었다가 다시 붙인 기분이다. 중심을 되찾았다. 거세남에서 상남자에로의 회귀랄까" 하고 쓸 뻔했다. 이제 친구들이 질색할 일은 하고 싶지 않다. 그러는 대신 그 자리에 수전 손택의 문장을 하나 슬쩍 끼워 넣었다. "우리는 두려움에 빠질 때 총을 발사한다. 그렇지만 향수에 젖을 때면 사진을 찍는다."*

나는 곧장 프라도 거리로 나가 사진을 찍었다. 거리에서 마주친 쿠바인을 가질 수는 없지만 쿠바인의 섹시함은 가질 수 있다.

---

* 수전 손택, 앞의 책, 35쪽.

오늘은 오후부터 러시아 공관 앞으로 가 드나드는 사람들을 지
켜봤다. 전반적으로 한가했다. 차량들 네다섯 대가 오갔다. 백인 중
년 여자 하나와 물라토 여자 둘이 나오고, 교복을 입은 백인 학생
다섯이 들어갔다. 백인 남자도 둘 있었지만 다나이스를 딸로 둘 만
큼 늙은 얼굴은 아니었다. 저녁 7시를 넘어서자 사람 얼굴을 알아
볼 수 없을 만큼 날이 어둑어둑해졌다.

어제오늘 카메라로 다섯 남자의 사진을 찍었다. A는 어제 6시
반에 러시아 공관을 나왔다. 흰 와이셔츠에 시원해 보이는 파란색
정장 웃옷을 걸치고 있었다. B는 오늘 오후 2시쯤 버스 정류장이
있는 쪽에서 걸어와 공관에 들어갔고 5시에 나왔다. C는 어제 두
번 공관 정문에 얼굴을 비쳤다. 오후 3시경에 출입문 앞에서 담배
를 피웠고, 4시경에 공관 바깥으로 종려나무 화분을 날랐다. D는
오늘 6시에 눈이 째진 다갈색 피부의 여성과 함께 공관을 나왔다.
E는 이틀 내내 공관을 들락날락했다. 들고 나는 시간은 다 달랐다.

10월 28일

내 남성성을 되찾았다. 그렇다고 완전히 회복된 것도 아니다. 새로 산 콤팩트 카메라는 줌을 아무리 당겨도 렌즈 길이가 3.5센티미터 이상으로 길어지지 않는다. 누가 봐도 웃음이 나올 사이즈다. 창피하다. 아무도 제 것과 크기를 대보자고 하지 않는다.

물론 휴대폰에도 카메라가 달려 있고 성능도 나쁘지 않다. 하지만 어느 남자가 길이는 1밀리미터가 안 되고, 생긴 건 네모 넓적한 남근을 달고 다니고 싶겠는가. 그걸 어디에 쓰려고? 여성들은 남성들이 줌렌즈에 특별히 상징적 의미를 부여하고, 경쟁이라도 하듯 기다란 망원렌즈가 달린 카메라를 메고 다니는 기분을 이해 못 할지도 모른다. 말레콘에서 만나는 많은 여성이 휴대폰으로 사진을 찍는다.

여성들은 주로 말레콘을 등지고 서서 휴대폰으로 자가 촬영 즉 셀카를 찍고, 남성들은 기다란 망원렌즈를 허리춤에 덜렁거리며 지배자의 마음가짐으로 세상의 풍경을 담는다. 혹은 아내의, 애인의 사랑스러운 모습을 줌렌즈로 끌어당겨 사진에 박아 넣는다.

며칠 만에 숙녀들의 하우스에 들렀다. 낚싯대로 채찍질을 당한
그 백인 돼지는 어디로 숨었는지 보이지 않았다. 그날 저녁, 몇 대
후려갈기자 희멀건 피부가 부풀어 오르고 피가 터져 바지까지 뻘
겋게 물들었다. 놈 밑에서 하우스를 관리하는 물라토 둘이 달려
왔지만 보이지 않는 친구의 낚싯대를 당해낼 수는 없었다. 2층 층
계에서 구경하고 있던 다나이스와 눈이 마주쳤다. 다른 숙녀들
도 마스터가 채찍질당하며 돼지처럼 꿀꿀대는 꼴을 구경했다. 나
는 침 범벅이 된 마스크를 벗어 돼지의 배 위에 던져놓았다. 남자
의 일이란 바로 그런 것이다.

나는 다나이스를 불러내 1쿡짜리 파스타에 2쿡짜리 피자, 빨간
색 부카네로 캔 맥주를 샀다. 맥주는 캔 색깔이 그린이면 가벼운
맛, 레드면 강한 맛이었다. 그녀는 숙녀들의 하우스 옆 골목, 말레
콘과 이탈리아가가 만나는 곳으로 날 이끌었다.

나는 카메라를 켜고 러시아 공관에서 찍은 사진 속의 남자들을
보여줬다.

"몰라. 안 보여."

사진 속 얼굴들은 작고 흐릿했지만, 어느 누구도 그녀와 닮지 않
았다는 사실 정도는 알아볼 수 있었다. 그녀는 백인 돼지에게 일어
난 일로 상심해 있었다. 어쨌든 그는 숙녀들의 마스터였다. 나는 그
일은 아무도 보지 못했으니 결국 일어나지 않은 일이나 마찬가지
라고 했다. 보이지 않는다면, 사실도 아니다. 그녀는 무슨 개소리인
가 하는 표정으로 날 쳐다봤다.

10월 29일

호세 마르티 문화원에서 강연 일정이 잡혔다. 리자가 강연 원고를 써 주면 자신이 번역을 해 강연 때 통역을 할 것이라고 했다. '한인 후손회'에서도 강연이 있을 것이다. 오늘은 아침부터 강연 원고를 썼다. 도입부는 체 게바라와 피델 카스트로의 혁명군이 아바나에 입성한 60년대, 아시아의 어떤 나라에선 우익혁명이 일어나 빨갱이 250만 명이 학살당했다는 얘기였다. 인도네시아에서 그랬다. 1966년에 군사쿠데타로 집권한 수하르토 장군은 첫 공식 조처로 "공산당의 모든 흔적을 지워버릴 것"을 군대에 명령한다.

강연은 한국 이야기로 이어진다. 1961년 5월 16일 남한, 박정희가 군대를 끌고 한강을 넘어와 서울을 점령했다. 박정희는 군사혁명위원회를 결성해서는 혁명 공약을 발표한다. 그 첫 항이 "반공을 국시의 제일로 삼고 반공 태세를 재정비 강화할 것"이었다. 같은해 5월 1일 쿠바, 노동절 퍼레이드에서 카스트로는 "만약 케네디가 사회주의를 싫어한다면, 우리는 제국주의를 싫어한다"고 연설했다. 같은 해 같은 달 13일 베트남, 미국이 월남에 대한 무기 지원 확대에 동의한다. 월남의 디엠 대통령은 10월 16일, 공산주의자들을 향해 전쟁을 선언한다. 그 후 1965년 6월, 미군은 공산 게릴라들을 상대로 첫 전투를 벌인다. 한국도 1월부터 군대를 파병해, 미군 다음가는 월남 참전국이 되었다. 같은 해 10월 인도네시아, 수하르토 대통령은 공산당을 불법화하고 다음 해 3월까지 빨갱이 10만 명을 처형한다.*

★ 《20세기 세계와 한국》, 양동주 편저, 크로니클 코리아, 1995년, 832~904쪽.

꿈인지 생시인지, 황혼빛이 가득 한 말레콘에서 다나이스에게 노래를 불러주었다. 그녀와 나는 방파제에 나란히 엉덩이를 걸치고 앉아 있었다. 그녀의 흠 하나 없는 정갈한 눈동자와, 내 나이 들어 혼탁해진 눈동자는 겨우 두 뼘 거리밖엔 떨어져 있지 않았다.

나는 그녀의 두 눈을 똑바로 처다보면서 노래를 불렀다. "관타나메라 과히라 관타나메라. 이봐요, 관타나모의 촌뜨기 아가씨⋯⋯."

"나는 마천루 틈에 끼어 간신히 자란 쓰디쓴 버섯 같은 남자예요.
누구든 입에 넣으면 뱉어버리고 말죠. 내 사랑받지 못한 영혼을
바쳐요. 당신도 그리 달콤한 건 아니지만, 나는 아예
보이지도 않는 사람. 이봐요, 관타나모의 촌뜨기 아가씨.
당신의 흠 없는 눈으로 날 핥아줘요. 오, 관타나모의
촌뜨기 아가씨, 내 안 보이는 영혼의 맛을 봐줘요."

노래가 끝나자 꿈인지 생시인지, 그녀는 짧게 팔을 휘둘러 내 뺨을 때렸다.

10월 30일

    원고를 하루 더 썼다. 살짝 감동을 유도하는 문장들을 붙여놓았다. "저는 어느 쪽이 더 바람직하다고, 더 이상적이라고 말할 수 없습니다. 왜냐하면 평생을 한국에서, 자본주의사회에서, 자본주의의 혜택을 받으며 살아왔기 때문에 그 반대편 세계에 대해 객관적인 시각을 가질 수 없기 때문입니다." 60년대에 어느 나라에서는 우익 혁명이 일어났고 어느 나라에서는 좌익 혁명이 일어났다. 어느 나라는 미군을 향해 수류탄을 던졌고 어느 나라는 미군과 함께 대포를 쐈다. 어느 나라는 자본주의를 선택했고 어느 나라는 공산주의를 선택했다. 누구는 공산주의를 선택해 총살을 당했고 누구는 자본주의를 선택해 추방을 당했다. 진짜 문제는 공산주의냐 자본주의냐 하는 피비린내 나는 선택이, 실제로는 권력을 잡고 정권을 유지하기 위한 허울 좋은 명분이었을 가능성이다. 이를테면 인도네시아의 수하르토나 박정희나 피델 카스트로는 조국과 동포를 위해 혁명을 일으킨 지도자가 아니라, 냉전 시대의 역학 관계를 이용해 절대 권력을 손에 쥔 약아빠진 사기꾼일 수도 있다. 이데올로기 따위는 난 몰라, 개나 줘. 난 그냥 대통령이나 할래.
    역사의 중심에 지배욕이나 권력욕 같은 인간의 탐욕을 놓고 읽으면, 이데올로기 같은 다른 중심을 놓고 보는 것보다 훨씬 잘 읽힌다. 독재자를 중심으로 한 특권계층의 탐욕이 당시 세상의 중심이었던 강대국들의 세력 확장 야욕과 맞물려 전 지구적인 규모의 무력 투쟁을 일으켰던 것이다. 그래서 나는 원고의 결론을 바꿔 썼다.

다나이스와 함께 택시를 타고 러시아 공관으로 갔다. 마스터를 패준 다음부터는 숙녀들의 운신이 상당히 자유로워진 듯했다.

"날 닮은 놈은 없대."

그녀가 장난기 가득한 얼굴로 공관 정문 경비실에 들어갔다 한참 만에 나오더니 말했다.

"내 아버지뻘 되는 나이에 20년 전에도 쿠바에 있었던 사람을 찾는다고 하니까, 홍보실에서 나온 러시아 여자가 그런 남자가 둘이 있대. 그래서 또 물었어. 그 둘 중에 날 닮은 남자가 있나요? 그런데 날 닮은 남자는 없대. 그래서 내가 부탁했어. 산티아고에 사는 후아나 여사를 아는 남자가 있는지 알아봐줄 수 있어요? 그 인간 때문에 내가 태어났는데."

"그래서?"

"궁금하면 50쿡."

"네 아버지를 찾는데 내가 왜 돈을 내?"

"궁금한 건 너잖아. 네가 오자고 해서 온 거고."

나는 할 수 없이 50쿡을 손에 쥐여주었다.

"이제 와서 싸질러놓은 책임은 묻지 않을 테니까, 누군지 가르쳐만 달라고 했어."

그녀는 연락처를 남겨놓고는 쫓겨나다시피 경비실을 나왔다. 한 가지 희망이 있다면 홍보실 러시아 여자의 표정이 연민으로 가득했다는 사실이었다.

10월 31일

아침에 일어나자마자 어제 바꾼 결론을 몇 번이나 들여다본 다음에, 나는 혼자 감동에 겨워하며 퇴고까지 마쳤다.

"저는 쿠바를 힘겹게 강대국의 탐욕과 싸워나가면서 끝까지 나라와 체제를 지킨 강한 나라, 독립과 혁명이라는 눈물겨운 역사를 가진 나라, 한국과 같은 제3세계의 이웃이라고 생각하고 왔습니다."

그리고 이메일로 강연 원고를 보내기 전에 이탈리아가에서 점심을 먹고 아바나의 '혁명광장'을 다녀왔다. 광장은 세계에서 손꼽히는 규모라고 가이드북에 나와 있지만, 모르는 사람이 보면 주차장으로 착각하지 않을까 싶은 외관을 하고 있었다. 축구장 10개는 합쳐놓은 넓이에 그 흔한 안내소나 가판대 하나 없었다. 경비실도 보이지 않고 광장을 지키는 경비병도 보이지 않았다. 실제로 입구도 없고 출구도 없고, 발길 닿는 자리가 다 입구고 출구였다. 경계를 짓는 울타리도, 화단도 없어 광장을 휘둘러 나가는 도로들과 바로 맞닿아 있었다. 그래서 혁명광장은 실제보다 더 넓어 보이고 가없어 보였다. 광장 한편에 호세 마르티의 석상과 기념탑이 높이 솟아 있었지만 사방이 워낙 트여 있어 특별히 커 보이지도 시야를 가린다는 느낌도 들지 않았다.

호세 마르티 석상에 올라가니 광장 전체가 내려다보였다. 혁명 이후 피델 카스트로는 노동절이면 이 혁명의 중심에 모인 100만 명의 시민들 앞에서 연설을 했다. 광장 건너 정부 건물에는 카밀로 시엔푸에고스와 체 게바라의 거대한 초상이 철골구조물로 표현되

어 있었다. 시엔푸에고스는 1959년에 죽었고 게바라는 1965년 쿠바를 떠났다. 사람은 떠났지만 초상은 남아 권력을 잡은 카스트로에게 인사를 전하고 있었다. 시엔푸에고스는 "잘하고 있어, 피델"이라고, 게바라는 "영원한 승리의 그날까지"라고. 카스트로는 매년 노동절 단상에 오를 때마다 시엔푸에고스와 게바라, 두 혁명의 동지들이 전하는 인사말을 들어야 했다.

쿠바가 낳은 세계적인 사진작가 알베르토 코르다의 사진들이 혁명 당시의 상황을 전해주고 있다. 자동소총을 손에 쥐고 지프에 올라 아바나로 입성하고 있는 저 멋쟁이는 카밀로 시엔푸에고스다. 시민들은 쿠바 국기를 단 깃대를 높이 치켜들고 있다. 말을 탄 병사들이 트럼펫과 장총을 손에 들고 그 뒤를 따른다. 전투에 참여했던 여군들이 자동소총을 치켜들며 환호하고 있다. 그 와중에도 호텔 리브레 앞에서는 고사포가 아바나의 하늘을 지키고 있다. 호텔 리브레는 내가 날마다 와이파이를 하는 곳이다. 그때나 지금이나 외관이 똑같다. 가장 널리 알려진 베레모를 쓴 게바라의 초상 사진은, 1960년 CIA의 공격으로 의심되는 선박 사고로 희생된 쿠바인들의 장례식에서 찍혔다. 1964년 카스트로가 모스크바의 스타디움에서 연설하는 사진도 있다.

알베르토 코르다의 작품집 《혁명 일기》에 실린 가장 좋은 사진은, 모자챙을 위로 꺾어 쓰고 높다란 가로등 꼭대기에 올라가 담배를 피우며, 혁명의 위대한 순간을 기다리는 어느 아바나 시민의 사진이다. 특히 콧수염이 멋지다. 이 사진은 아무에게도 보여주지 않을 생각이다. 좋은 건 나누고 너무 좋은 건 나만 봐야 한다.

혁명 초기만 해도 카스트로는 쿠바의 혁명을 자본주의자나 공산주의자의 것이 아니라고 주장했다고 한다. "우리 시대가 당면한 문제는, 기층민중을 헐벗게 만드는 자본주의와 먹고사는 문제는 해결할지 몰라도 자유를 억압하는 공산주의 중에서 택일해야 한다는 점이다. 자본주의는 인간을 제물로 삼는다. 한편 공산국가는 자유에 관한 한 전체적인 개념 때문에 인간의 권리를 희생시킨다."

게바라는 더 급진적이었다. "비록 라틴아메리카의 정부들 중엔 우리에게 때리는 손을 핥아주라는 조언을 하는 측도 있지만 그 거대한 노예주의자들과 대륙적인 연대를 할 수 없다는 것이 우리의 입장입니다."★ 미국의 아이젠하워 정부가 줄인 사탕수수 수입 물량을 구소련이 사준다. 게바라는 구소련과 중국, 동구권의 사회주의국가들을 친구라고 부른다.

혁명이 지나가자 냉전이 닥친다. 위기는 더 넓어지고 깊어진다. 혁명의 주역들은 더 바빠진다. '혁명광장'은 집회가 없을 때면 텅 빈다. 장식도 없고 울타리도 없기에 더 텅 빈 듯이 보인다. 어쩌면 일부러 이 혁명의 중심을 비워놓았을지도 모른다. 승리의 기념물로 채우지 않고 혁명의 중심을 비워놓아야만, 혁명이 다시금 필요해질 때 재빨리 채울 수 있을 테니까.

"잘하고 있어, 피델" "영원한 승리의 그날까지"라는 두 혁명 동지의 인사말이 카스트로의 귀에 끔찍하게 들리는 날이 왔을 수도 있다. 어느 순간 지옥에서 흘러나오는 저주처럼 들렸을 수도 있다. 그가 진정 영원한 혁명가든, 아니면 권력의 맛에 중독된 미치광이든 상관없이. 누가 알겠는가, 이 세상에 슬픈 진실은 얼마든지 있다.

광장에 해가 졌다. 시엔푸에고스와 게바라의 초상에 조명이 들

★ 장 코르미에, 《체 게바라 평전》, 김미선 옮김, 실천문학, 2000년, 407~437쪽.

어왔다. 해가 져도 두 동지의 인사말은 상흔처럼 백색으로 빛난다.
나는 원고를 이메일로 보내기 위해 호텔 리브레의 와이파이존으로
돌아갔다. 낮에 광장을 처음 찾았을 때보다 한결 거리가 가깝게 느
껴졌다.

어쩌면 다나이스의 엄마가 아바나의 러시아 공관 주소를 적어 준 건, 딱히 그녀의 아버지가 있어서가 아닐지도 몰랐다. 그냥 너도 반쪽은 러시아인이니까, 억울한 일을 겪으면 찾아가 문을 두들겨 보라는 뜻이었을 수도 있다. 심지어는 아버지가 러시아인이 아닐 수도 있었다. 그저 먼 도시로 떠나는 딸에게 지푸라기 같은 희망이 라도 될까 싶어 한 거짓말일 가능성도 있었다.

나는 이탈리아가가 시작되는 골목으로 가 그녀와 사진을 찍었 다. 처음엔 손으로 렌즈를 가리더니, 곧 좋다고 깔깔대면서 포즈를 잡았다. 나중엔 하우스의 숙녀들까지 불러 모아 단체로 사진을 찍 었다.

"아저씨. 아저씨는 내 친구가 될 수 없어."

그녀가 즐거워하다 말고 말했다.

"난 열여덟인데 아저씨는 서른이 훌쩍 넘었잖아."

"저번엔 열여섯이라고 했던 것 같은데?"

"그 말을 믿었어? 내가 어딜 봐서 열여섯이야? 열여덟이라고!"

열여덟은커녕 서른이라고 해도 믿을 외모였지만 나는 그녀가 계 속 즐거워할 수 있도록 카메라 셔터를 누르고 맥주를 사 줬다. 그 리고 다시 한번 하우스로 난입해 마스터를 채찍질했다. 흰 돼지 자 식은 보이지 않는 친구의 낚싯대 아래서 또 한번 울었다.

11월 1일

누군가를 더 사랑하고 싶다면 그/그녀에 대한 글을 써라. 어떤 도시를 더 사랑하고 싶다면 그 도시에 대한 글을 써라. 이것이 아침에 일어나 베란다 창밖을 내다보며 문득 든 생각이다. 이 나라, 이 도시에 대해 사나흘 고심해 글을 쓴 일이, 지난 한 달 관광객으로 도시를 돌아다니며 생긴 애정보다 더 많은 애정을 갖게 했다.

글은 사랑이라는 감정에 이해를 더해, 사랑을 더 깊게 한다. 글은 애정에 애정의 이유를 더해, 애정을 더 깊게 한다. 나도 내가 사랑에 대해 쓰게 될 줄은 몰랐다. 어쩌면 카메라를 구해 내 남성성의 중심을 되찾았을 때, 내 영혼도 함께 돌아왔는지 모른다. 중심이란 내겐 남근이면서 동시에 영혼일 수 있다. 언젠가 썼듯이 중심이란 형이상학의 역사에서 "본질, 실존, 실체, 주체, 진실, 초월성, 의식, 하나님, 인간" 등등 온갖 좋은 것을 의미한다.

상쾌한 기분으로 카피톨리오까지 산책했다. 베르나르 앙리 레비에 의하면 하나의 도시가 텍스트처럼 읽히려면 일단 중심이 있어야 한다. 미국의 로스앤젤레스는 그런 점에서 읽을 수 없는 도시다.

> 로스앤젤레스에는 아테네인들이 모든 도시의 원칙으로 삼은 아이소노미(동일 항) 법칙이 작동하는 출발점으로서의 중심이 없다. (…) (도시 내 작은 지역)의 주민들이 일정 거리를 두고 대칭을 이루는 핵심부 같은 것을 로스앤젤레스에서는 전혀 찾아볼 수 없다.*

★ 베르나르 앙리 레비, 《아메리칸 버티고》, 김병욱 옮김, 황금부엉이, 2006년, 152쪽.

우기는 끝나지 않았다. 오후 들어 비가 쏟아졌다. 비를 피하려 차
도를 가로질러 뛰었다. 호텔 도빌 입구에는 여행 가방을 든 여행객
들이 서 있었다. 나는 호텔 입구 캐노피 아래 섰다. 이런 비엔 우산
이 있어도 도움이 되지 않는다. 우산을 때리는 빗소리에 달려드는
차 소리가 들리지 않을 정도고, 방파제를 넘어 불어오는 바람 한
번에 살이 부러져 우산이 날아간다. 시계 끝까지 빗줄기에 막혀 탁
한 젖빛으로 덮인다.

관광버스가 빗속을 뚫고 호텔 앞에 와 섰다. 남색 정장 차림의
운전기사가 우산을 쓰고 내려 짐칸에서 가방들을 내려놓았다. 여
행객들은 버스에서 내리자마자 비에 푹 젖는다. 나와 함께 캐노피
아래에 있던 여행객들이 가방을 짐칸에 넣고 버스에 올라탔다.

호텔 앞에는 나만 남았다. 비는 한 시간이나 이어졌다. 한 행인이
캐노피 안으로 뛰어들어와 시가 한 대를 다 피우고 갔다. 호텔 로
비는 다홍색 상하의에 금몰을 가슴에 두른 흑인이 지키고 있었다.
그는 이따금 입구로 와서 밖을 살폈다.

거리엔 차도 없고 행인도 없고 외국인 여행객도 없고, 온통 빗줄
기에 귀 따가운 빗소리뿐이었다. 다나이스와 숙녀들이 떠올랐다.
이렇게 비가 오는 날 거리의 그녀들은 무엇을 할까. 전에는 결코
던져본 적이 없는 물음이었다.

11월 2일

11월의 첫날 한국에서 내 책《장원의 적자嫡子》가 나왔다. 벌써 서점에 깔렸다고 한다. 편집자는 책을 찍은 사진을 보내줬다. 어제보다 기분이 더 좋아졌다. 날마다 조금씩 기분이 업되고 있다. 트위터에도 책 출간 소식을 알렸다. SNS가 내 책의 판매에 도움이 된다는 증거는 없다. 하지만 달리 방법이 없다. 대부분의 작가는, 인기 작가가 아닌 이상 직접 책 홍보에 나서야 한다.

산 프란시스코 광장까지 가 식당 '오리엔테 정원'에서 저녁 식사를 했다. 밝은 연두색 캔에 든 맥주와 닭 요리, 삶은 검은콩 요리를 시켰다. 콩 요리에선 달지 않은 팥죽 맛이 났다. 맥주 한 캔을 더 시켰다. 출간을 자축하는 조촐한 자리였다.

밤늦게 리자가 숙소로 전화를 했다. 호세 마르티 문화원 측에서 내 강연 원고가 마음에 들지 않는다는 의견을 전해왔다는 소식이었다.

이틀을 꼬박 쓴 강연 원고가 반려됐다.

다나이스를 만나기 위해 아침부터 하우스 근처를 어슬렁거렸다. 오전 10시면 거리의 숙녀들이 하우스에서 나와 피자집 앞에 줄을 설 시간이었다. 도로변 레스토랑도 10시쯤에 바비큐를 구웠다. 길 거리에 바비큐 그릴을 갖다 놓고 내장을 빼낸 새끼 돼지를 통째로 올려놓는다. 햄버거 빵을 데우는 불판이 또 따로 있다. 새끼 돼지의 껍질이 노릇노릇하게 익으면 살을 저미지 않고 잘게 흩뜨렸다가, 주문이 들어오면 햄버거 빵에 끼워 주었다.

"다나이스는?"

나는 이탈리아가까지 들어가 다나이스와 함께 피자를 나눠 먹곤 하던 숙녀를 찾았다.

"일하러 갔어."

갑자기 머리가 아파오며 아무것도 생각하기 싫어졌다. 나는 바지 주머니에 두 손을 찔러 넣고 짙은 갈색 피부의 숙녀를 바라봤다. 그녀가 피자집으로 힐끗 눈길을 돌렸다. 숙녀들이 아침을 먹는 피자집은 홀이 있고 테이블이 있고 화덕을 갖춘 제대로 된 피자집이 아니었다. 그저 밀가루 빵 위에 치즈와 케첩을 뿌리고 오븐에 데운 걸 종이에 싸서 피자라고 파는 노점이었다.

"난 어때?"

숙녀는 분홍색 비닐 지갑을 꺼내 열어 보였다. 나는 햄이 뿌려진 피자와 콜라를 주문했다. 케첩 얼룩이 진 더러운 앞치마를 두른 남자가 피자를 꺼내 파리를 쫓으며 오븐에 넣어 데웠다.

11월 3일

　오전 내내 강연 원고를 다시 썼다. 강연이 목요일이니 오늘은 원고를 넘겨야 했다. 원고를 다 써서 메일로 보내려고 외출하려는데 다시 리자에게서 전화가 왔다. 문화원 강의가 인터뷰로 교체됐고, 방송국에서 나랑 현지 문화인들을 함께 인터뷰한다고 했다. 가수들도 나오고 시인도 나오는 유명한 문화 프로그램이라고 했다. 나는 당황해서 뭐라 말을 해야 할지 몰랐다. 아침나절을 다 잡아먹은 강연 원고가 눈앞에서 아른거렸다.

　"강연은 안 하나요?"

　"강연이 아니라 텔레비전 프로그램으로 바뀌었으니까 강연은 없지 않을까요?"

　리자는 잠시 뜸을 들였다.

　"강연이 그렇게 하고 싶으시면 강연 시간을 좀 달라고 해볼까요?"

　나는 하마터면 그래주시라고 할 뻔했다.

　"아뇨. 후손회에서 강연하는 건 맞나요?"

　"예."

　"강연 원고 새로 썼어요. 원고 보내드릴게요."

　"안 그러셔도 되는데."

　"아니에요. 새로 썼어요. 열심히 썼으니까 보내드릴게요."

　"원래 원고로 해도 되는데. 문화원 쪽에서 원래 강연 원고는 같은 한국인들끼리 있을 때나 하라고 했거든요."

　다나이스는 오늘도 보지 못했다. 12시쯤 가서 어제 본 그 숙녀를 만나 또 피자와 콜라를 사 줬다. 오늘은 벚꽃같이 생긴 보랏빛 무늬의 반다나를 머리에 두르고 있었다. 그녀는 오늘도 빈털터리였다. 내가 다나이스를 찾자, 그녀는 다나이스가 운 좋은 년이라 만나기 쉽지 않을 거라고 했다. 그녀는 자기 이름을 알고 싶으냐고 물었다. 내가 고개를 끄덕이자 그녀는 이름을 말했다. 나는 한 귀로 흘려버렸다.

　"나는 어때?"

　여자가 어제와 똑같은 것을 물었다.

　"피자나 드셔."

　나는 이탈리아가를 오가는 서양 관광객들을 눈으로 좇다가 말레콘으로 나왔다.

　산책을 끝내고 오후 5시쯤에 다시 이탈리아가로 돌아가보았다. 다나이스는 없고 여전히 반다나를 두른 숙녀가 있었다. 내가 다가가자 그녀가 반가운 얼굴로 손을 흔들었다. 내가 다가가고 있는 동안 경찰도 다가가고 있었다. 옅은 하늘색 제복을 입고 경찰봉을 허리에 차고 있었다. 그녀의 표정이 딱딱하게 굳었다. 그녀와 경찰은 내가 거리를 떠날 때까지 한참 마주 서서 이야기를 나눴다. 그녀를 체포할 것 같지는 않았다. 옅은 하늘색 제복 말고도 올리브그린색 제복에 베레모를 쓴 경찰도 있었다. 올리브그린 제복에 베레모는 혁명의 시대에 체 게바라로부터 물려받은 패션이다.

11월 4일

심란해져서 말레콘을 지나는데 방파제에 앉아 있던 한 여성이 나와 눈이 마주치자 "고 홈!" 하고 외쳤다. 그 여성은 흰 피부에, 눈이 위로 째지고, 민소매 니트 밖으로 둥글넓적한 어깨가 튀어나와 있었다. 그녀는 꽤 진지한 표정이었다. 내가 미소를 지어 보이자 그 여성은 이번엔 가운뎃손가락을 세우고는 "픽 유! 고 홈!" 하고 소리를 질렀다. 언젠가 마카오에 갔을 때 로우림욕 공원에서 현지인이 내게 침을 뱉은 적도 있었다. 아주 된 침이었고 닦아내는 데 몇 분이나 걸렸다.

내 기분은 아바나 대학으로 가는 언덕길을 오르며 차차 나빠졌다. 갈수록 나빠져서 대학 앞 교차로에 이를 때쯤에는 기분이 걷잡을 수 없이 사나워져 있었다. 꼭 내 안의, 내가 모르는 누군가가, 나를 대신해 미친 듯 골을 내고 있는 듯했다.

말레콘에서 아바나 국립대학을 오르는 1킬로미터 남짓한 라 람파, 즉 경사로는 아바나의 젊음의 거리라고 부를 만하다. 식당과 술집, 밤늦은 시간이면 길게 줄이 늘어서는 클럽들이 4차선 도로 좌우로 빈틈없이 늘어서 있다. 아바나 전체에서 가장 큰 규모의 와이파이존도 있다. 밤에 나가보면 서울의 홍대 앞처럼 붐빈다.

아바나 국립대학에도 중정이 있었다. 본관 건물의 중심에는 정원이 있고 정원에는 거의 3층 높이로 자란 아름드리 야자수가 시퍼런 그늘을 드리우고 있었다. 온갖 피부색의 학생들이 내가 카메라를 들 때마다 미소를 짓고 엄지손가락을 추켜올렸다.

아침에 일어나 발코니로 나갔을 때 마른 먼지내가 바람을 타고 올라왔다. 하늘은 온통 날이 선 것처럼 새파랬다. 햇빛은 눈부셨지만 살갗에 와서 내리꽂히는 따가운 기운은 사라지고 한결 부드러워졌다. 나는 말레콘으로 나가 보이지 않는 친구를 찾았다.

"활약이 대단하더군."

"무슨 활약?"

"동양에서 온 새로운 보이지 않는 친구에 대한 소문이 쫙 퍼졌어."

나는 잠시 말을 잊었다.

"보이지 않는데 어떻게?"

"소문이란 원래 믿기지 않는 것들에 대해 나는 법이지."

"뭔가 조심해야 해?"

보이지 않는 친구는 침묵했다. 잠시 후 귓전에서 낚싯줄이 공기를 가르는 소리가 났다.

"이봐, 젊은 친구. 우리가 하는 일이 다 그렇지. 우리는 그저 구름이 하늘에 그려놓은 길을 따라갈 뿐 아닌가."

11월 5일

베다도 지역에 있는 호세 마르티 문화원으로 가면서 강연 원고
가 반려된 이유에 대해 잠깐 이야기를 나눴다. 그냥 간단히, 청중들
이 정치 이야기는 좋아하지 않는다는 이유였다. 그뿐이었다. 그리
고 쿠바는 공산주의가 아니라 사회주의이고, 공산주의라고 부르면
기분 나빠 한다는 얘기도 했다.

나는 아무 말도 하지 않았다. 리자는 기분이 좋은 듯했다. 한국에
서 온 작가가 출연한다고 토크쇼 프로그램이 광고를 여러 차례 했
다고 했다. 나는 여전히 기분이 나빴지만 솔직히 나도 사회주의와
공산주의가 무슨 차이인지 알지 못했다. 그러고 보니 쿠바 여행 가
이드북도 아직 다 읽지 않았다.

이 일을 안다면 한국의 독자들이 뭐라고 할까. 작가가 겨우 말
한마디에 자기 글을 포기해? 작가라면 목숨을 걸고라도 자기 문장,
신념을 지켜야 하지 않아? 자존심도 좀 지키고. 하지만 나도 할 말
이 있었다. 누가 네 신념은 무엇이냐고 물어봐주지도 않잖아? 내
신념을 시험할 기회조차 주어지지 않잖아. 나한테 그런 게 있는지
도 모르겠고. 그리고 자존심은 책 몇 권 내면서 다 팔아먹었어.

"그냥 나오는 대로 쓴 거예요."

"예?"

"원고요. 생각 없이 쓴 거였다고요."

저녁에 말레콘을 산책하다 어쿠스틱 기타와 색소폰, 콩가 드럼을 든 3인조 악단을 만났다. 3인조 악단의 기타리스트가 보컬도 맡고 있었는데, 방파제에 나와 앉은 연인들만 보면 다가가 사랑의 노래를 불렀다. 아주 크게 불렀다. 파도 소리를 이겨내고 내 귀에까지 와 닿을 정도로 컸다. 방파제의 연인들은 악단을 좋아했다. 나는 열 발짝쯤 떨어져서 악단의 뒤를 쫓았다. 그러다 이탈리아가까지 이르렀고, 그곳 모퉁이에 서 있는 다나이스를 보았다.

그녀는 나와 눈이 마주치자 희미하게 미소를 짓고는 뒷걸음질 쳐 그늘로 들어갔다. 내가 쫓아가 지난 며칠 동안 무슨 일을 했기에 얼굴 보기도 힘들었느냐고 묻자, 그녀는 입은 미소 지으면서도 성난 눈을 치켜뜨고는 눈알을 굴렸다. 3미터쯤 떨어져서 지켜보는 동안 그녀는 지나가는 외국인 남자면 아무나 불러 세웠다. 인사말을 던지고 손을 흔들고 다가가기도 했다. 몇 명인가는 그녀에게 접근해 이런저런 이야기를 나누기도 했다.

한참 그랬다. 이탈리아가에 땅거미가 드리우기 시작했다. 하지만 그녀는 담벼락을 벗어나지 못했다. 그녀도 그녀의 친구처럼 빈털터리일 게 뻔했다.

"러시아 공관에서 연락은 왔어?"

그녀는 나를 보면서 입을 꾹 다물었다. 입술이 일자가 되어 있었다. 그래서 이제 나는, 그녀가 하는 일에 대해서는 아무것도 묻지 않기로 했다.

11월 6일

  어제 토크쇼 촬영은 호세 마르티 문화원 안 중정에서 있었다. 내 인터뷰가 있고 나서 부부 듀엣의 공연이 있었다. 저물녘까지 가수와 밴드의 공연이 이어졌다. 산타클라라에서 활동하는 6인조 밴드가 나와 쿠바의 전통음악을 연주하기도 했다. 클라리넷 연주자가 대단한 미녀였다. 부부 듀엣은 통기타를 메고 나와 노랫말을 주고받았다. 리자가 오늘 그 짧은 소설 같은 노랫말을 번역해 보내줬다.

  "여보야, 장모님한테 전화가 왔는데 이번 산호혼식은 멕시코 칸쿤 해변에서 보내고 싶으시대. 그래서 내가 저희 신혼여행도 트리니다드 앙콘 해변으로 다녀왔는데요, 했지. 버스비가 얼마였더라 ……."

  "여보야, 첫째 시누이는 다이어트한다며 아침 밥상에 왜 샐러드가 올라오지 않느냐고 하고 둘째 시누이는 내 원피스를 입고 나가 구아버 물을 잔뜩 묻혀 오고 첫째 시동생은 여자친구 데려올 테니 맛난 것 해놓으라고 성화고 셋째 시누이는 교복이 찢어졌다고 ……."

  "여보야, 근데 왜 나보다 한 줄 더 불러? 장인 어르신은 새 낚싯대가 필요하다고 성화야. 어제도 나랑 같이 백화점에 갔지 뭐야. 비싼 릴이 달리고 일곱 번을 접었다 폈다 할 수 있고 다 펴면 길이가 장인 키의 2배는 돼. 장인이 키가 좀 작잖아. 내가 물었지, 암보스 문도스 호텔 5층에 가면 헤밍웨이가 쓰던 낚싯대가 많다고 하던데 하나 훔쳐다 드릴까요……."

"여보야, 근데 왜 나보다 한 줄 더 불러? 나는 할 말이 없을까 봐? 셋째 시누이는 교복이 찢어졌다고 그 바쁜 아침에 꿰매달라고 하고. 여보, 내가 전기재봉틀 하나 사달라고 한 지 얼마나 됐어? 둘째 시동생은 어째서 아침 그래놀라에 산딸기가 빠졌냐며 숟가락으로 식탁을 두들겨대고 악을 쓰고. 꼭 초딩처럼. 여보, 우리가 언제부터 그래놀라에 산딸기를 넣어서 먹었는데……"

"여보야, 근데 왜 나보다 한 줄 더 불러? 다섯째 걔는 초딩 맞아. 당신 들어오고 나서 걔가 입이 발아졌다고. 걔 어렸을 땐 지가 싼 똥도 먹었어. 그래도 첫째 처남보다는 낫지 않아? 걔는 어떻게 닭을 안 먹어? 어째서 닭을 안 먹고 비싼 칠면조를 먹는데? 닭 안 먹는 쿠바 사람은 걔가 처음이야. 둘째 처남은 너무 잘 먹어서 문제고. 15살이 벌써 100킬로 고지를 찍었잖아. 장모님이 저녁 식탁을 너무 헤프게 차리신다고. 자기 엉덩이를 좀 봐……"

"여보야, 근데 왜 나보다 한 줄 더 불러? 자기 엉덩이가 더 큰지 내 엉덩이가 더 큰지 한번 대볼까? 하긴 자긴 엉덩이보다 머리가 더 크지. 시엔푸에고스가 살아서 자기를 봤다면 자기 머리에서 산악 게릴라 훈련을 하자고 했을 거야. 우리 둘째는 갑상선에 이상이 생긴 거야. 약을 입에 달고 살잖아. 그래도 걔 엉덩이가 자기 머리보다는 작을걸? 자기는 어머님이 저녁 식탁을 어떻게 차려서 머리가 그렇게 커졌는데? 둘째 시누이도 닭 안 먹잖아? 대단한 아바나 국립대 학생 애국자께서 닭을 증오해서 어쩌나……"

"여보야, 근데 왜 나보다 한 줄 더 불러? 내 큰 머리 때문에 그나마 우리가 이만큼이라도 먹고사는 거라고. 마이애미에서 IT 사업을 하는 내 사촌동생은 나보다 머리가 더 크다고. 미국에서 쿠바인이 사업가로 성공하려면 머리가 얼마나 커야 하는지 알아? 당신도 명절이면 보잖아. 우리 집안의 큰 머리 유전자가 우리 아이들을 대학에 보내고 미국에도 보내줄 거라고. 오해는 하지 마, 난 당신의 작은 머리가 사랑스러워서 청혼을 했던 거야. 이상하지, 머리가 작아도 현명할 수가 있다니. 자기는 내가 아는 머리가 작으면서도 똑똑한 유일한 쿠바 여자야. 우리 딸내미들이 커서 당신의 반만큼만 현명하다면……"

"여보야. 그런 말은 두 줄 더 불러도 돼. 당신한테 칭찬을 듣는 게 무슨 즐거운 일일까 싶지만 말이야, 흥. 첫째 시누이도 이따금 나한테 와서 인생상담을 하지. 아바나에서 미녀로 산다는 게 쉬운 일이 아니잖아. 둘째 시누이도 이따금 와서 라틴아메리카의 역사에 대해 물어보곤 하지. 내가 역사학 석사잖아. 첫째 시동생도 여자친구가 생겼다고 나랑 상담을 해. 자기한텐 안 가지? 자기하곤 말이 안 통한대. 셋째 시누이도 제 교복은 곧잘 자기가 꿰매 입어. 누가 뭐라고 하겠어, 그만하면 함께 살 만한 가족이야. 둘째 시동생 산딸기만 자기가 어떻게 해봐. 그래, 우리는 대가족이고 쿠바 사람들이지. 일요일마다 큰집에 열댓 명씩 모여 아침 식사를 하고 수다를 떨고 떼로 기도를 하지……"

노래는 그런 식으로 15분이나 계속됐다. 4분의 4박자 편안한 리듬에, 처음 듣는 나도 따라 흥얼거릴 수 있는 듀엣송이었다. 부부가 나와 서로 잔소리하듯 빠른 말투로 주고받는 노랫말에 문화원 중정에 모인 청중들은 웃음을 그치지 않았다. 나도 왜 웃는지 모르면서 따라 웃었다. 분위기가 그랬다.

다나이스가 반응을 보였다. 이제 우기가 끝나 관광객들이 몰려들고 있었다. 물어보지는 않았지만 그녀는 바빴고, 적어도 지갑이 비어서 우울한 날은 줄어들 것이다. 그녀와 나는 이탈리아가를 나와 차도를 건너 방파제로 갔다. 바닷바람이 이제는 낮에도 차가웠다.

그녀는 그 옛날 산티아고의 처녀와 사랑을 나눴던 이방인에 대해 이야기했다. 그녀가 태어나기 직전에 있었던 사랑 이야기를. 때때로 그녀의 그늘 짙은 째지는 웃음소리가 파도를 타고 높이 치솟았다. 잡담은 저녁까지 이어졌다. 하우스에서의 생활, 고향 산티아고에서 다니던 성당 이야기, 아직도 찢어진 살이 아물지 않았다는 백인 돼지 마스터, 다시 린치를 당할까 봐 하우스의 아가씨들을 전처럼 홀대하지 않는다는 얘기도 했다. 그러면서도 남자 여행객이 지나가면 말을 끊고 손을 흔들며 불러들였다.

백인 뚱보가 그녀에게 관심을 보였다. 그녀는 웃는 얼굴로 그의 뒤통수를 쓰다듬고는 차도를 건너 하우스로 안내했다. 그는 다섯 발짝쯤 떨어져서 따라갔다. 그의 옆구리에서 길쭉한 망원렌즈가 달린 카메라가 덜렁거렸다. 곧 그의 거대한 엉덩이가 하우스 안으로 실룩거리며 사라졌다.

얼굴에 핏빛 상처가 선명한 하우스의 마스터가 나타나 시가를 빼물고는 거리의 좌우를 살폈다.

11월 7일

리자와 나는 '한인 후손회'라고 쓰인 유리문을 열고 사무실로 들어갔다. 백발의 동양인이 나와 자신을 소개했다. 다른 사무실 벽엔 멕시코에서 쿠바로 넘어온 한인 1세대와 후손들의 사진이 걸려 있었다.

리자와 나는 정원으로 나가 자리를 잡았다. 차양이 드리워져 있었지만 후손회 건물의 중심은 그늘 한 점 없이 환했다. 10시가 조금 넘자 객석 의자들이 쿠바인들로 가득 찼다. 나는 휴대폰의 메모장을 열어 어제 마무리한 강연 원고를 읽기 시작했다. 내가 한 줄을 읽으면 리자가 에스파냐어로 통역을 했다. 검기도 희기도 하고 늙기도 젊기도 하고 눈이 째지기도 아니기도 한 후손들이, 내 강연 원고에서 무엇을 느꼈는지는 모르겠다. 나는 준비한 원고의 4분의 1만 읽고 고맙습니다, 하고 강연을 마무리 지었다. 내가 "한국은 오랫동안 군사독재 시절을 겪었다"라고 소개하는 대목에서, 후손들의 표정이 굳어지며 아주 짧게 정적이 객석을 뚫고 지나갔던 것이다. 그러고 보니 피델 카스트로도 군인이었다. 그가 세운 혁명정부도 군사정권이었다.

강연이 끝나고 묻고 답하는 시간이 있었다. 기억나는 한 가지. 어째서 한국 드라마에 야한 장면이 없느냐는 질문이 있었다. 나는 한국인의 피가 섞였을 뿐 본질적으로 중남미인들인 후손들이 얼마나 야해야 야하다고 하는지 기준을 알 수가 없었다.

나는 "이제 한국과 쿠바가 수교를 하면 오지 말라고 해도 영화와 드라마를 팔러 장사꾼들이 몰려들 것"이라고 대답했다. 쿠바 가정집마다 인터넷이 깔릴 것이고, 길거리의 공중전화도 점차 사라질 것이고, 웹하드 업체가 등장해서 거의 거저나 다름없는 가격으로 한국 영화와 드라마를 다운받아 보게 될 것이라고 했다. 휴대폰으로 웹툰이라는 만화도 즐기게 될 것이라고 했다. 나는 한국의 무시무시하고 끈질긴 장사꾼들이 몰려들어 한국에 관한 거의 모든 것을 팔아먹으려 들 것이라고 했다.

"아마 여러분은 그 즐거움을 위한 비용을 벌기 위해 지금보다 하루에 서너 시간쯤 더 일하게 될지도 몰라요."

하지만 정서적인 반응은 나오지 않았다. 웃는 사람도 없었고 표정에 무슨 변화가 있지도 않았다. 어쩌면 무슨 말인지 잘 몰랐을 수도 있다. 어쩌면 이곳엔 서너 시간씩 더 할 수 있을 만큼 일거리가 풍족하지 않을 수도 있다.

구아버로 만든 케이크와 레몬주스가 나왔다. 버터크림을 입힌 카카오 케이크도 나왔는데 맛은 구아버 케이크와 별반 다르지 않았다. 코코넛으로 만든 케이크도 같은 맛이었다. 준비한 갖가지 케이크들이 모양과 색깔만 서로 달랐지 맛은 똑같았다. 크림은 진득진득했다.

간식을 먹으며 나와 리자는 객석으로 자리를 옮겼다. 무대에는 아바나의 K팝 동호회에서 나온 세 여성이 공연을 준비하고 있었다. 텔레비전을 켜고 반주 음악이 담긴 파일을 열었다. 셋 다 발음이 신통치 않았다. K팝의 멜로디만 따 엮은 반주 음악도 신통치가 않았다. 게다가 무대가 너무 환했고 나는 맨 앞자리에 앉아 있었다. 나는 율동하는 세 여성의 실룩거리는 입술과 불안하게 떨리는 눈동자와 그 외 모든 것을 다 볼 수 있었다. 나는 되지도 않는 영어 발음으로 뜻도 모르는 미국의 록 음악을 따라 부르던 10대 때의 내가 떠올라 더 창피한 기분이 들었다.

내가 부끄러운 생각에 어쩔 줄 모르고 있는 동안, 세 여성은 10여 곡을 이어붙인 K팝 메들리를 율동과 함께 끝까지 불렀다.

공연이 끝나고 나는 후손회 사람들과 일일이 인사를 했다. 후손회 건물은 아주 작았다. 건물 반쪽은 또 무언가 다른 용도로 쓰이고 있었다. 후손회 로비에는 한반도의 전도가 걸려 있었다. 설명에 의하면 한인 후손들에게는 남한과 북한의 구분이 의미가 없었다. 후손회에 남한 전시물이 많은 건, 남쪽에서 더 많은 기념물을 보내왔기 때문이었다.

숙소 근처 반제국주의 광장에서 하드록 콘서트가 열렸다. 늦은 오후부터 말레콘 도로에 교통이 통제되고 있었다. 경찰이 도로를 막을 때는 근처에서 공연이 있다는 얘기였다.

저녁 9시쯤부터 주위가 요란했다. 올리브그린색 제복을 입은 경찰과 군인 100여 명이 무대 앞과 광장 주변을 둘러쌌다. 무대는 사운드 튜닝을 하는 소리만으로도 들썩들썩했다. 광장에 모인 아바나의 젊은이들은 낮 동안 아바나의 어느 곳에서도 보지 못한 고스풍의 옷과 액세서리 차림을 하고 나왔다. 장발에, 스모키 화장에 코와 입술을 뚫고, 찢어진 검은 셔츠에, 징이 박힌 긴 부츠를 신고 있었다. 그런 차림의 록 팬이 수백 명이나 몰려들어 광장을 가득 메웠다. 지난주 호텔 내셔널 옆 광장에서 열린 포크 밴드의 공연에 모인 흰 교복 셔츠 차림의 고등학생들과는 딴판이었다.

무대에 하드록 밴드가 올라서고 첫 곡이 시작되자, 반제국주의 광장에 광란의 헤드뱅잉 물결이 일기 시작했다. 뉴욕의 헤비메탈 공연장에서나 볼 수 있는 무대와 헤드뱅잉 물결이 새벽 1시까지 이어졌다.

11월 8일

"쿠바는 덥고 습한 나라입니다."

내 공식 일정을 도와줄 리자와 처음 메일로 인사를 주고받을 때 했던 그녀의 소개말이 아직도 기억이 난다. 나는 덥고 습한 게 싫다. 하지만 태양의 민낯을 마주한 듯한 더위는 이곳에서 누린 다른 많은 즐거움에 비하면 큰 의미가 없었다. 한 달이 지나자 더위와도 친해졌다. 습기와도 그랬다. 이곳의 습기를 탓하기엔 한국도 충분히 습했다.

"소아 예방접종 때 쓰는 백신도 부족해요."

한인 후손회 강연이 끝나고 리자가 나를 숙소까지 태워주며 말했다. 쿠바는 물자가 부족했다. 소아마비니 수두니 결핵 같은 질병을 예방하기 위해 어린아이일 때 백신을 접종해야 하는데, 백신 수입에 어려움을 겪고 있다고 했다. 내가 보기에 쿠바에 풍족한 물자라곤 에스프레소를 내리는 커피콩밖엔 없는 듯했다. 그래서 그녀는 한국에 들어갈 때마다 소아용 예방접종 백신을 한가득 사다가, 이곳의 어린아이들에게 맞힌다고 했다.

이제 이 나라에서의 공식 일정은 다 끝났다. 딱 두 번뿐이었던 공식 일정.

나는 아침에 느긋하게 숙소를 나와 메일을 확인하고, 마침내 이 나라에 아무런 볼일도 없는 사람이 되어 아바나 비에하의 골목들을 쏘다녔다.

지난밤에 반제국주의 광장에서 아바나가 지닌 밤의 얼굴을 봤
다. 밤의 얼굴은 달의 뒤통수처럼 태양이 비추지 못하는 이면에 달
린 얼굴이다. 태양이 이래라저래라 못 하는 자리에 달린 얼굴이다.
낮의 얼굴은 라틴 재즈와 살사 댄스와 교복과 온전한 셔츠와 온전
한 청바지만을 보여줬다. 밤의 얼굴은 헤비메탈과 헤드뱅잉과 광
란의 주정뱅이들과 찢어진 셔츠와 찢어진 청바지를 보여줬다. 지
난 한 달 동안 단 한 번도 보지 못해서 있는 줄도 몰랐던 얼굴이다.

한 밴드가 무대에 올라 멕시코와 페루와 콜롬비아 투어를 마치
고 방금 돌아왔다고 마이크에 대고 소리소리 질렀다. 어디서 구했
는지 80년대에 잠깐 활동했던 헤비메탈 밴드 그림 리퍼가 그려진
티셔츠를 입고 있었다.

미친 듯이 헤드뱅잉을 하다가 담배를 피우려고 잠시 무대 앞을
벗어난 친구를 향해 카메라를 겨눴다. 코를 뚫어 사슬을 매단 여자
애였다. 머리카락을 가닥가닥 꼬아 흑인처럼 만들고, 배꼽에 은십
자가를 거꾸로 꿰고 있었다.

여자애는 필터를 자근자근 씹으며 두 손을 들고는 가운뎃손가락
을 치켜들었다.

그러고 보니 다나이스도 이 도시의 밤의 얼굴이다. 밤의 얼굴의
웃는 낯을 보려면 부드러운 말솜씨와 데운 피자와 맥주 한 캔이 필
요하다.

11월 9일

리자가 월세를 받으러 왔다. 공식 일정이 끝났으므로 이제 그녀도 나와 볼일이 없어진 셈이었다. 그녀는 월세를 받고, 매주 한 번씩 가정부를 보내 숙소 청소를 하고, 이따금 형광등이 나가면 교체해주는 일만 하면 되었다. 오늘은 딸도 데려왔다. 아마 어디 다른 곳에 가는 길에 숙소에 들른 모양이었다. 남편도 따라와서, 내가 리자와 얘기하는 동안 작은 방 형광등을 갈았다. 딸 제시카는 2살 반이었다.

"박정희 시대로 돌아가려나 봐요."

"흠, 그래요?"

하지만 대화는 더 이상 이어지지 못했다. 한국에서 대규모 시위가 있었다는 사실은 알고 있었지만 시위가 왜 벌어졌는지까지는 알지 못했다. 막상 꺼내놓고 나니 대화를 이어갈 만큼 아는 게 없었다. 그럴 열정이 내겐 없었다. 그러는 동안 제시카는 조그마한 손으로 내 새끼손가락을 꼭 잡고 나를 소파에서 일으켜 세웠다. 나는 작은 조약돌만 한 손이 이끄는 대로 거실의 테이블을 한 바퀴 돌았다. 제시카는 다른 손으로 테이블에 놓인 볼펜을 가리키며 나와 눈을 맞췄다.

"제시카, 아저씨를 언제 봤다고 아는 척이야?"

거실 벽에는 모녀의 사진이 걸려 있었다. 갓 태어난 제시카가 손을 뻗어 엄마인 리자의 새끼손가락을 꼭 쥐는 순간을 크게 확대한 사진이었다. 제시카는 나를 끌고 숙소 여기저기를 돌아다녔다.

다나이스를 만나 아침으로 피자와 캔 맥주를 먹으며 수다를 떨었다. 나는 반제국주의 광장에서 봤던 아바나의 감춰진 얼굴에 대해 얘기했다. 아바나의 밤을 달리던 극단적인 스피드와 극단적인 소음에 대해.

그녀는 엘 니노나 제이지나 엘리토 레베의 음악을 듣는다고 했다. 뭐라고? 내가 알아듣지 못하자, 그녀는 몇 발짝 앞으로 나가 노랫말을 흥얼거리면서 살사 댄스를 추어 보였다.

"스래시 메탈 알아? 스래시 메탈?"

그녀는 1980, 90년대에 스래시 메탈 밴드들이 하던 미친 음악은 들어본 적도 없었다. 그녀는 1980년대엔 아직 태어나지도 않았었고, 사회주의국가 쿠바는 미국하고 그때는 사이가 더 나빴으며, 그런 음악들에 맞춰선 살사 스텝을 밟을 수가 없었다.

스래시 메탈은 한때, 어마어마한 스피드와 소음으로 젊은 세대의 광기와 폭력성을 잠재우는 데 한몫을 했다. 하지만 이제 그들의 음악은 종종 빈티지 록으로 분류되곤 한다. 빈티지 록…… 빈티지 가구나 빈티지 와인은 값이나 더 쳐주지. 슬픈 생각이 어쩔 수 없이 든다. 록에 붙는 빈티지라는 수식이 어쩐지 모욕적으로 들린다. 가장 과격한 연주를 들려줬던 슬레이어라는 밴드의 멤버 하나는 몇 년 전 독거미에 물려 죽었다. 그들의 음악은 이제 명예의 전당 어딘가에서 늘어가는 뱃살과 주름살과 가는 세월을 아쉬워하고 있다.

11월 10일

이제 비로소 아바나의 구석구석을 다녀보기 시작했다. 꼼꼼히, 책처럼 읽어볼 생각이다.

도시도 책처럼 읽을 수 있는 도시가 있고 없는 도시가 있다. 베르나르 앙리 레비에 의하면 도시가 읽힐 수 있으려면 "도시인 공간과 아직 도시가 아니거나 더 이상 도시가 아닌 공간이" 분명히 구분되어 있어야 한다. 로스앤젤레스에는 그런 게 없다.

> 어디에서 전자가 끝나고 후자가 시작되는지 파악하거나 결정을 내리기가 불가능하다.*

이를테면 페이지 구분이 제대로 안 되어 있는 책인 셈이다. 도쿄도 페이지가 어디서 시작해서 어디서 끝나는지 모호하다. 로스앤젤레스와 도쿄는 읽을 수 없는 도시다. 그런 점에서 아바나도 읽을 수 없는 도시다.

아바나엔 카피톨리오라는 멋진 중심이 있지만, 주변부의 경계는 모호하고 불분명하다. 아바나 만의 해저에 뚫린 터널을 타고 나가 동쪽으로 몇 킬로미터만 달리면 정말 도시라고는 할 수 없는 풍경이 펼쳐진다. 남쪽으로 10여 킬로미터만 차를 타고 나가면 도시라기보다는 도시의 흔적이라고 부를 만한 쇠락한 주택가가 끝도 없이 이어진다.

---

* 베르나르 앙리 레비, 앞의 책, 152쪽.

이제 다나이스를 만나면 치즈 피자와 부카네로 빨간색 캔 맥주를 함께 먹고 마시는 일이 당연하게 되었다. 어느 날은 닭고기 스파게티를 먹고, 어느 날은 쿠바 콜라인 투콜라를 마시고, 어느 날은 숙녀 친구들과 함께하기도 했지만, 기본 메뉴는 언제나 내가 계산하는 피자와 맥주다. 오늘도 그녀는 이탈리아가의 모퉁이에서 나를 알아보고는 신이 나서 손을 흔들었다. 러시아 공관으로부터 연락이 왔다는 것이었다. 그녀는 마치 그 소식이 나를 위한 소식이라는 듯이 굴었다.

"비슷한 사람을 찾긴 찾았나 봐. 그래서 내 얘기를 전했대, 내 폰 번호를 가르쳐줘도 괜찮으냐고 묻던데. 그래서 그러라고 했어."

나는 맥주 한 캔을 더 사 줬다.

"연락이 오면?"

"무조건 만나자고 해."

"내 아버지가 아니라고 하면?"

"얼굴이나 보자고 해."

그녀는 한참이나 고개를 수그리고 있더니 일당으로 100쿡씩 지불하라고 했다. 우기도 끝났겠다, 성수기 가격을 적용한 것이다.

11월 11일

말레콘의 서쪽으로 산책을 나가기 시작했다. 오늘 아침, 숙소 앞에 있는 반제국주의 광장 한가운데 서서 서쪽과 동쪽을 번갈아 보며 잠시 망설였다. 서쪽으론 문화원과 후손회에 강연하러 간 때 말고는 가본 적이 없었다. 말레콘 동쪽은 너무 자주 가서 이제 나를 알아보는 낚시꾼이 있을 정도였다.

실은 어느 쪽으로 가든 상관없었다. 어느 쪽으로 가든 아바나에 처음 도착한 날처럼 놀라고 즐거울 것이 틀림없었다. 지난 한 달 반 내내 그래왔다. 이런 삶도 괜찮다고 생각한다. 아침에 침대에서 일어나서 만족할 만큼 빈둥대다가, 광장으로 일단 나가보는 것이다. 그리고 어느 길로 갈지, 이유도 잘 모르면서 결정한다. 일주일 내내 정말로 꼭 해야 해서 하는 일이라곤, 숙소 청소하는 날 방해가 되지 않도록 밖에 나와 있는 일뿐이다. 매주 수요일이면 가정부가 와서 숙소를 대청소했다. 그러면 나는 팁으로 5쿡짜리 지폐 한 장을 놓고 나오면 되었다.

나는 오늘 서쪽을 향해 걸었다. 말레콘 서쪽에 깔리는 저녁놀을 아직 보지 못했다는 이유에서였다. 걸어서는 가본 적이 없는 곳이었다.

ﻟ나ⵏ 나ﻟ나

저녁을 먹으러 이탈리아가로 갔다. 다나이스는 없었다. 나는 다른 숙녀에게 피자를 사 줬다. 두 하우스 중 오른편 하우스에 사는 여자였다.

"어디서 왔어?"

그녀는 뻔히 알면서 묻고 있었다. 나는 남한에서 왔다고 했다.

"거기 남자들은 어때? 여자를 공평하게 대해줘?"

"아니. 그렇지 않아. 여자들은 살기 힘든 곳이야."

그녀가 가고 나서도 다나이스는 나타나지 않았다. 두 번째 숙녀가 고양이 눈알처럼 반짝이는 에메랄드빛 귀고리를 만지작거리며 다가왔다. 나는 그녀에게 시원한 투콜라를 사 줬다.

"더운 데서 이러지 말고 안으로 들어가자고."

나는 두 번째 숙녀도 돌려보냈다. 그녀가 채 담벼락을 돌아가기도 전에 세 번째 숙녀가 왔다. 그녀는 햄이 들어간 스파게티를 주문했다.

"다나이스는 기다리지 마. 벌써 두어 놈은 상대했을걸."

나는 잠시 할 말을 찾다가 지갑을 꺼내 계산을 했다.

"난 아직 개시 안 했어. 좋은 냄새가 날 거야, 맡아봐."

나는 그녀도 돌려보냈다. 네 번째 숙녀는 투콜라와 콤비네이션 피자를 먹었다. 제일 비싼 2쿡짜리 피자였다. 그녀의 어깨 너머로 다섯 번째 숙녀가 손지갑을 만지작거리는 모습이 보였다.

11월 12일

　서쪽의 주택가는 드문드문 여유롭게 들어선 저택들과 빽빽한 야
자 가로수들이 이루는 풍경으로 동쪽과 확연히 차이가 났다. 리자
는 서쪽에는 외국의 공관과 상사 건물이 많다고 했다. 그런 건물들
엔 감시 카메라가 달렸고 와이어 펜스가 쳐져 있었다.

　말레콘 서쪽 풍경이 어쩐지 낯익다. 'YUTONG'이라고 적힌 입
간판을 봤다. 저 중국 버스 회사 입간판도 이곳 아바나에서 본 기
억이 있다. 출입문이 검게 선팅된 스포츠 클럽도 눈에 익었다. 새하
얀 파라솔이 가득 펼쳐진 너른 공원도 본 기억이 났다. 리자의 차
를 타고 이 거리를 한번 쓱 지나쳤을지도 모른다. 하지만 그래서라
기엔 이 지역에 대해 너무 많은 사실을 알고 있었다. 여기서 좀 더
걸으면 선창이 나올 것이고, 선창을 오른편에 두고 좁고 기다란 다
리를 건너 또 한참을 걷다 보면, 고무나무가 화려하게 가지를 뻗고
있는 중앙 분리대가 나올 것이다.

　나는 1830년에 지어진 레스토랑 앞에서 걸음을 멈추었다. 그러
잖아도 노란색인 레스토랑의 파사드에 노을빛이 더해져 싱싱한 오
렌지 빛깔을 냈다. 나는 아직 해가 있을 때 동쪽으로 걸음을 돌렸
다. 걷다 돌아보니 어둑어둑한 하늘에 지는 해가 불에 달군 쇳덩이
처럼 시뻘겋게 박혀 있었다. 역시 낯이 익다. 초행이라는 사실이 믿
기지가 않는다.

　어쨌거나, 아바나에서 11월에 지는 해를 보고 싶으면 말레콘 서
쪽 길을 가야 한다.

이탈리아가에 막 도착했을 때 다나이스는 자기보다 한 뼘은 더 작은 중년의 대머리와 흥정을 하고 있었다. 내가 손을 흔들자 그녀는 짧게 나와 눈을 맞췄다. 잠시 후 대머리가 2미터쯤 뒤처져서 그녀를 따라 걷다가 하우스로 올라갔다.

"이봐, 다나이스가 어디가 좋아?"

백인 숙녀가 스파게티 한 접시를 주문하며 말했다.

"동양 남자들은 흑인만 사랑하는 거야?"

그녀가 게슴츠레한 눈으로 나를 위아래로 훑어보았다. 백인의 피부는 미친 태양 아래서도 별로 검어지지 않았다. 나는 벌써 땀투성이였지만, 차갑게 얼린 피자 치즈 같은 색깔의 그녀의 피부에서는 땀방울이 거의 보이지 않았다. 나는 그녀를 보내고 두 번째 숙녀를 맞았다.

"다나이스가 불안해해."

다나이스의 아랫방에 산다는 그녀도 스파게티를 시켰다. 그녀도 다나이스처럼 물라토였다. 나는 어째서 다나이스가 불안해하냐고 물었다.

"네가 언젠가 인사도 없이 떠날 테고, 그럼 자기는 상처를 받을 테니까."

"그런 남자들이 있었어?"

"아무렴. 자기 일정이 끝나면 메모 한 줄 안 남겨놓고 비행기를 타고 가버리지."

11월 13일

어제 서쪽을 걷다가 이상한 건물을 봤다. 하도 이상해서 가까이 가보니 러시아 공관임을 알리는 황동 명판이 달려 있었다. 출입문 안쪽은 조금도 들여다보이지 않았다. 경비실이 있었지만 한참을 기웃거리는데도 아무도 나와보지 않았다. 출입문 오른편 위쪽에 둥근 감시 카메라가 달려 있었다.

건물은 내가 어렸을 때 열광하던 만화영화의 로봇 마징가 제트를 쏙 빼닮았다. 적 로봇이 쳐들어오면 수영장 물이 쑥 빠지면서 둘로 갈라지고, 그 안에서 지구를 구하기 위해 나타나던 그 마징가 제트 말이다. 내 어릴 적 상상 속의 마징가 제트만큼이나 거대하고 육중한 분위기의 건물이었다. 나는 어쩐지 낯이 익다는 느낌을 또 받았는데, 어제 같은 기시감이 또 든 건지 아니면 건물이 마징가 제트를 닮아서 낯이 익은 건지는 알 수가 없었다.

외국 공관이 많아 그런지 눈 찢어진 진짜 중국인들도 눈에 종종 띄고, 차도엔 구닥다리 올드 카가 아닌 벤츠와 BMW가 달리고 있었다. 거리에 나와 돌아다니는 인종도 백인이 더 많았다. 한눈에도 부촌처럼 보였다. 어제 나는 러시아 공관을 지나 홀린 듯이 바다가 있는 쪽으로 방향을 잡았었다. 아바나에서 한 달 반을 살다 보니, 아주 멀리서도 방파제를 때리는 파도 소리를 듣게 된 것이 아닐까.

오늘은 다나이스를 볼 수 있었다. 방금 얼굴을 씻었는지 이마 부근 머리카락이 살짝 젖어 있었다. 그녀와 나는 맥주 두 캔을 사 들고 이탈리아가의 모퉁이를 벗어났다. 우리는 플로리다해협을 등지고 방파제에 엉덩이를 걸쳤다. 한낮의 더운 바닷바람이 땀을 몰아갔다.

"연락 왔어."

그녀가 말했다. 나는 대꾸 없이 고개만 끄덕였다.

"자, 그럼."

그녀는 손바닥을 내밀었다.

"일을 해줬으면 돈을 내야지."

나는 그녀의 노동에 대한 대가를 치렀다.

"공관에서 왜 자기를 찾는지 모르겠대. 20년 전에 산티아고에 파견 나가 있긴 했지만 비난을 살 만한 일은 하지 않았다고 말이야."

그러면서 그녀는 말을 멈추고 숨을 삼켰다.

"그러니까 나라는 존재가 뭔가 비난을 살 만하다는 거야?"

나는 아니, 하고 힘주어 말하곤 고개를 저었다.

"자기는 지금 아바나에 살고 있대. 그러면서 내 고향을 묻더라고. 산티아고라고 답했더니, 한참을 가만히 있더라고."

내가 무언가 물으려는데 우리 앞에 누군가 와 섰다. 고개를 드니 곱슬머리가 치렁치렁하고 키가 180센티미터는 돼 보이는 백인 남자였다.

"안녕, 맨디."

곱슬머리 백인은 나는 눈에 보이지도 않는다는 듯이 그녀와 인사를 나누었다. 둘은 서로 거리낌이 없었다.

"명산."

그녀가 혀 짧은 소리를 내며 나를 돌아보았다.

"나 이 친구랑 잠깐 놀다 와도 되지? 이 친구, 호주 방송국 리포터인데, 낼모레 돌아간대."

한 시간쯤 기다렸지만 그녀는 돌아오지 않았다. 다른 숙녀가 와서 내게 영업을 했다.

"불쌍한 친구. 선크림은 챙겨 왔어?"

내게 그런 게 있을 리가 없었다.

"그럼 잠깐 내 방에 가서 햇볕을 피하지."

그녀는 코밑에 수염을 깎은 자국도 없고 밀크초콜릿색의 매끈한 피부를 갖고 있었다. 핫팬츠 아래로 탄탄한 허벅지 근육이 드러나 있었다. 나는 그녀를 따라 길을 건너 하우스로 들어갔다. 그녀의 방은 1층이었고, 바로 위층이 다나이스의 방이었다. 위층에서 침대가 들썩이고 있었다. 깔깔 웃는 째지는 목소리가 났고, 굵은 목소리는 웨스트 라이프의 〈맨디〉를 부르고 있었다. 백인 남자가 다나이스에게 〈맨디〉를 불러주고 있었다.

오, 맨디.

넌 내게 모든 걸 다 주었지.

난 팁도 몇 푼 주지 못했는데.

나와 숙녀는 위층의 소음을 고스란히 견디고 있었다. 그녀는 나

117

를 끌고 화장실로 갔다. 수도꼭지에 연결된 샤워기가 벽에 걸려 있었다. 이 방 변기에도 뚜껑이 없었다. 엉덩이를 걸치는 시트도 없었다. 바닥과 벽에는 타일 한 장 붙어 있지 않았고, 휴지걸이도 없었고, 전등도 달려 있지 않았다.

오, 맨디.
하지만 난 곧 떠나.
가기 전에 한 번 더 모든 걸 주겠어?

숙녀가 샤워기를 틀자 물 쏟아지는 소리에 위층 소음이 수그러들었다. 수도꼭지는 하나뿐이었고 찬물이었다. 워낙 뜨거운 바깥에 있다 왔기에 나는 찬물도 괜찮았다. 나는 맨손으로 비누를 문질러 거품을 냈다. 그러고는 한쪽 무릎을 굽히고 앉아 그녀의 몸에 비누칠을 했다. 피부가 밀크초콜릿 톤이라 흰 비누거품이 더욱 도드라져 보였다.

"이건 무슨 흉터야?"

나는 숙녀의 왼쪽 엉덩이의 반을 차지하고 있는 얽은 자국을 손가락으로 쓸어 보였다. 고양이가 사정없이 할퀴어놓은 모양 같기도 했고, 가죽 채찍에 살이 찢겨 나갈 때까지 맞은 자국 같기도 했다. 그녀가 손을 돌려 엉덩이를 만졌다.

"어렸을 때 전염병을 앓았어."

숙녀는 아마 수두나 뭐 그랬던 것 같다고 했다. 그러면서 어렸을 때 맞아야 할 예방접종 주사를 못 맞았다고 했다. 그녀는 울분에 차서 몇 마디 더 중얼거렸다. 아마 자기 고향에 남겨놓고 온 동생들 얘기인 듯했다. 다나이스도 텔레비전과 동생들 얘기를 할 때 그런 울분에 떠는 목소리를 냈다. 내가 잠시 엉덩이를 애무하자 그녀는 금세 기분이 좋아져서 살사를 추었다. 이곳 사람들은 정말 살사를 사랑한다. 나는 그녀의 엉덩이를 벌리고 그 틈새를 꼼꼼히 살펴보며 마사지를 해주고 물로 비누거품을 씻어냈다. 누군가 이 일기를 읽을 수 있다면 이 대목에서 너무 노골적이라며 화를 낼지 모른다. 그렇다. 어쩌면 나는 읽는 이들을 화나게 하려고 이 일기를 쓰고 있는지도 모른다. 하지만 누가 이 보이지 않는 일기를 읽을 수 있겠어. 앞면에 일기를 쓰는 놈을 비롯해, 이 뒷면은 읽을 놈이 없을걸.

그녀와 화장실을 나왔다. 약간 쉰내가 나는 타월로 그녀의 몸을 구석구석 닦아주었다. 그녀는 굳이 필요 없는 일에 열중하는 내가 재미있는지 소리 죽여 웃었다. 나는 다시 화장실에 들어가 내 몸을 씻었다.

씻고 나왔을 때, 위층 침대가 들썩이고 다나이스가 흥분해 질러대는 소리가 다시 들리기 시작했다. 백인 남자는 아직도 〈맨디〉를 부르고 있었다.

오, 맨디.
더 나은 세상으로 가기 위해 널 버릴 거야.
오, 맨디.
날 잊어줘. 지난날들은 그저 꿈에 불과할 테니.

침대에서 노력했지만 일이 잘되지 않았다. 다나이스와 함께했던 첫날과 똑같았다. 다나이스에 대한 느닷없는 복수심에 이끌려 이 방까지 들어오긴 했지만 내 물건은 쓸모가 없었다. 숙녀는 잔뜩 실망해서는 내가 다나이스를 사랑하는 게 틀림없다고 했다. 그녀는 고무처럼 쭉쭉 늘어나는 내 아랫도리를 잡아당기며 다나이스가 짓던 그 표정을 지어 보였다. 나는 아무 말도 하지 못했다. 다나이스에 대한 내 애매한 감정 탓도 있다. 하지만 앞면에 일기를 쓰는 그놈 때문일 수도 있었다. 그놈이 아직도 매춘은 안 된다는 더러운 도덕관념을 포기하지 않은 것이다. 아바나의 숙녀들이 나를 어떤 놈으로 기억할지 걱정이다.

"고향이 어디야?"

"산티아고."

"관타나모 미군 기지 옆에?"

숙녀는 고개를 끄덕였다. 다나이스도 고향이 산티아고라고 했다. 그 고향엔 생활비를 부쳐주어야 할 엄마와 동생이 있다. 그러고 보니 그녀의 이름도 물어보지 않았다. 아니, 물었는데 기억에 없을 뿐인지도 모른다.

하우스에 들어간 지 한 시간쯤 지나서 나는 다시 말레콘의 방파제로 나왔다. 얼마 지나지 않아 다나이스가 하우스를 나왔다. 그녀가, 아까와 같은 자리에 팔짱을 끼고 어두운 얼굴로 앉아 있는 나를 발견하고는 종종걸음으로 차도를 건넜다. 잠시 후 하우스에서 곱슬머리 백인이 느긋하게 걸어 나왔다. 그녀는 뙤약볕 아래서 두 시간쯤 기다리는 것은 말레콘에서는 일도 아니라는 듯이 굴었다.

"그 아저씨가 전화를 해서 뭐라 그랬냐 하면은……."

11월 14일

미라마르 지역에 대해 리자에게 유선전화로 이것저것 물었다. 여행 가이드북엔 서쪽 강 하구 너머에 대해선 소개가 없었다. 그녀는 미라마르 지역이 우리로 치면 평촌이나 분당 같은 신도시라고 했다. 스페인 식민지 시절부터 있어온 구시가지는 500년이나 되어 너무 낡았고, 유네스코 문화유산으로 지정되어 있으니 뭔가 새로운 주거지역이 필요했던 것이다. 그녀는 어디로 가야 멋진 바다 풍경을 볼 수 있는지 들려줬다.

나는 러시아 공관 얘기도 했다. 리자는 나와 연배가 비슷했기 때문에 마징가 제트에 대한 기억이 뚜렷했다. 그녀는 수화기가 떨릴 만큼 웃고는 그 러시아 공관은 마징가 제트가 아니라, 옛날에 러시아 기사들이 쓰던 커다란 검을 형상화한 것이라고 했다.

"칼이에요. 검. 그걸 땅에 꽂아놓은 거예요."

리자는 서양에서는 옛날부터 검을 땅에 꽂아서 여기는 우리 영토다, 하고 표시를 했다는 설명을 했다. 처음 듣는 얘기였지만 중세를 배경으로 한 할리우드 영화에서 언젠가 본 듯도 했다. 러시아 사람들은 남의 나라에 외교용 건물을 지을 때 저렇게 검을 땅에 꽂아놓은 모양으로 짓는다는 설명도 덧붙였다. 여기는 러시아 땅이다! 하고. 사실이라면, 내가 마징가 제트의 머리라고 생각했던 부분은 검의 손잡이, 칼자루였다.

"정말 그 러시아제 검은 아무도 뽑을 수 없겠네요."

다나이스에 의하면 두 번째로 전화를 했을 때는 목소리가 자꾸 망설이고 머뭇거리고 떨리기까지 했다고 했다. 그녀는 그가 거친 숨소리를 내기도 했다고 했다.

"하아, 하아."

그녀는 전화를 건 러시아 남자의 억눌린 숨소리를 흉내 냈다.

"엄마 이름이 후아나가 맞느냐고도 물었다고."

우기가 끝난 아바나의 하늘은 조용했다. 절기상으로는 가을인데, 이게 가을 날씨인지는 모르겠고, 어쨌든 비 오는 날은 눈에 띄게 줄었다. 폭우가 쏟아지면 거리의 숙녀들은 뭘 먹고 사나, 하는 걱정도 할 필요가 없었다.

"어쩌면 전화를 또 했는데, 내가 손님한테 정신이 팔려서 몰랐을 수도 있어."

그녀는 잠시 뜸을 들였다. 그녀의 검은 두 눈동자가 의뭉스레 반짝였다.

"산 루이스, 우리 동네를 알더라고. 산 루이스에 잠시 있었다고. 그게 다야. 미끼를 물었으니 이제 낚싯줄을 당겨보자고."

그녀까지 낚시꾼 어투를 쓰고 있었다. 낚시를 하든 안 하든 아바나 사람들은 결국 낚시꾼처럼 말하고 행동하게 되는 걸까.

11월 15일

리자에게 러시아 공관이 어째서 그 모양인지 듣고 나서 푸코의 말이 떠올랐다.

국가가 거대한 도시와 같다는 전제로부터 일련의 영토 통치 프로젝트 또는 유토피아가 발전했습니다. 거기서 수도는 중앙 광장으로, 도로는 거리로 나타납니다.*

옛 서양 사람들은 도시를 국가의 축소판으로 봤던 것이다. 따라서 도시 한가운데 검과 같이 생긴 건물을 꽂아두는 행위는 도시뿐만 아니라, 그 국가 전체를 지배한다는 의미일 수도 있다. 나는 오늘도 서쪽으로 산책을 나갔다. 하지만 오래 걷지는 못하고 중간에 버스를 탔다. 확실히 말레콘 서쪽이 덜 붐볐다. 오가는 차량도 많지 않았고 관광객도 적었고 낚시꾼도 확 줄었다. 선선한 바닷바람을 즐기기 위해 방파제로 놀러 나오는 동네 사람들도 동쪽보다 훨씬 적었다. 서쪽이 확실히 인구밀도가 낮았다.

반제국주의 광장 서쪽에도 말레콘이 이어진다는 사실을 뻔히 알면서도 어째서 그동안 한 번도 걸음을 하지 않았을까. 서쪽으로 간다는 건, 아바나의 중심인 카피톨리오와 그만큼 멀어진다는 의미이니 그게 꺼림칙했을까. 세상의 중심에서 한 발 두 발 멀어진다는 사실이 두려웠을까.

★ 미셸 푸코, 《헤테로토피아》, 이상길 옮김, 문학과지성사, 2014년, 65쪽.

다나이스는 날 보고 샐샐 웃고 있었다. 마음 놓고 비웃고 싶지만 그동안 봐온 정이 있어서 차마 그러지는 못하겠고, 그렇다고 참자니 역시 내 행동을 그냥 넘어가줄 순 없겠다는 표정이었다. 그녀는 입꼬리와 눈꼬리로는 웃고 있었지만 눈은 살기로 번뜩였다.

"넌 도리를 몰라."

그녀가 나를 똑바로 쳐다보며 말했다.

"숙녀한테 마땅히 지켜야 할 도리라는 게 있다고."

다나이스 어깨 너머 건너편 담벼락에서 담배를 피우고 있는 또 다른 산티아고 아가씨가 눈에 들어왔다. 내가 없는 동안 둘이서 나에 대한 이야기를 나눈 게 틀림없었다.

"맨디."

"뭐?"

"맨디. 어저께 곱슬머리 호주 놈이 널 맨디라고 부르던데?"

"그래서? 내가 그 호주 놈하고 잤으니 너도 마리하고 자겠다고?"

나는 얼굴을 붉힌 채로 마리를 쳐다봤다. 마리는 질겅질겅 아침 피자를 씹고 있었다.

"이 병신아. 내가 한 건 비즈니스고, 네가 한 건 바람피운 거야!"

내 얼굴이 부카네로 맥주 캔만큼이나 붉어지는 동안 다나이스는 새된 소리를 질렀다.

"난 엄연한 숙녀라고! 감히 내 친구랑 떡을 쳐? 하긴 떡도 못 쳤지. 이번에도 안 섰다며? 숙녀 앞에서 발기부전은 모욕이라고, 이 한국 고자야!"

11월 16일

오늘은 미라마르에서 바다를 봤다. 아바나 버스 투어 노선의 서쪽 끝자락이었다. 투어 버스가 서는 호텔 파노라마에서 주차장 진입로를 따라 들어가자 방파제 없는 해변이 나왔다. 거기서 이상한 낚시꾼을 만났다. 그는 낚싯대를 드리울 곳을 찾으며 흘금흘금 내쪽을 자꾸 돌아봤다. 해가 지고 있어서 얼굴은 잘 보이지 않았지만, 오래전부터 나를 알고 있었던 사람 같았다.

어둑어둑해질 때까지 해변에 앉아 있었다. 집에 가려고 주차장을 지나는데 먼빛으로 마징가 제트의 머리가 보였다. 아니, 어스름 속에서 더 우중충해 보이는 러시아제 칼자루가 보였다. 저건 아마도 남자들의 병이 아닐까. 걸핏하면 남의 땅에 제 칼을 박는 행위, 자기가 기필코 세상의 중심이 되어야겠다는 남자들의 근성…… 하지만 중심이 되는 남자는 정말 드물고, 대개의 남자는 중심 근처를 얼쩡거리며 권력의 주변부라도 되어야 한다는 강박관념 속에서 살아간다. 아차 해서 중심에서 멀어지기라도 하면 인생이 끝나는 줄 안다.

낮에 인터넷을 하다가 시위에 참가한 농민이 물대포를 맞아 응급실로 실려 갔다는 기사를 읽었다. 한국 근대사의 중심이 박정희 시대인 줄 아는 사람들은, 그 중심에서 지금 세상이 너무 멀어졌다고 생각하고는 끊임없이 돌아가려는 시도를 반복한다. 그런 사람들이 한 늙은 시민을 한겨울 찬 바닥에 때려눕혔다.

나는 아바나 이탈리아가 숙녀들의 웃음거리가 되었다. 말레콘의 숙녀들은 이제 누구나 나를 알아보고 나를 손가락질하고 나를 두고 수군거린다. 문득 나 자신에 대해 변명하고파졌다.

'나는 내가 싫다고 해서 이곳을 떠날 수 있는 사람이 아니다. 죽을 만치 창피하다고 해서 목숨을 끊을 수 있는 처지도 아니다…… 나는 보이지 않는 친구다.'

하지만 이런 말을 했다가는 비웃음만 더 살 것이다. 해가 지고 나서 나는 말레콘의 보이지 않는 낚시꾼 친구를 찾아가 볼멘소리를 했다. 보이지 않는 친구는 오늘 잡은 물고기는 등뼈가 없네, 아 뿔싸, 등뼈가 없어, 하고 아주 시원한 목소리로 노래를 불렀다.

"벌써 소문 났어?"

"낚시꾼들 사이에서도 자자하지…… 그런데 네 앞면의 그놈은 미라마르에서 뭘 하고 있었던 거야?"

나는 모르는 일이라는 듯 어깨를 한 번 들썩였다. 보이지 않는 친구가 웃음기 가신 목소리로 물었다.

"그놈이 눈치챈 건 아니겠지? 응? 우리는 보이지 않는 친구들이라고."

슬슬 걱정이 들기 시작했다.

11월 17일

서쪽 말레콘 산책은 동쪽 길을 나설 때만큼 기분이 즐겁지 않다. 때로는 울적하다. 나도 어쩔 수 없이 수컷이라 중심이 가진 권력의 아우라에서 멀어진다는 느낌에 휘둘리는 걸까. 아니면 그저 서쪽 길이 인적이 드물고 딱히 볼거리가 없어서 흥이 나지 않는 걸까. 그래서 오늘은 서쪽 산책을 나가다 말고 돌아와 호텔 리브레 교차로에서 인터넷을 했다. 아바나 비에하에서 찍은 카사 사진을 올리고 그 아래 푸코의 말을 덧붙였다.

> 페르시아의 전통적인 정원은 그 사각형 내부에 (…) 한층 신성한 공간, 마치 배꼽처럼 세계의 한가운데 있는 중심점인 공간이 있었다. (…) 양탄자의 경우, 그것은 애초에 정원의 복제물이었다. 정원은 온 세계가 상징적 완벽성을 얻게 되는 양탄자이며, 양탄자는 공간을 가로질러 움직이는 일종의 정원이다. 정원은 세계의 작은 조각이며, 그리하여 세계의 전체성인 것이다.*

중정은 집의 중심이자 세계의 중심을 표상했다. 흥미롭게도 욕심 많은 사람들은 그 세계의 중심을 가지고 다니며 원하는 곳에 깔 수 있기를 원했다. 자기의 엉덩이를 놓는 곳이 곧 세계의 중심이길 바랐다. 어딜 가나 자기가 세계의 중심이길 원했다. 그래서 탄생한 것이 갖가지 정원 문양을 짜 넣은 휴대용 정원, 양탄자였다.

★ 미셸 푸코, 앞의 책, 53쪽.

다나이스는 나를 보면 혀를 비죽이 내밀고 쌀쌀한 표정으로 팔짱을 꼈다. 몇 차례나 말을 건넨 끝에 겨우 반응을 끌어낼 수 있었다. 그녀는 아버지일지도 모르는 그 러시아인이 주소를 불러줬다고 했다.

"어디쯤이야?"

나는 그녀가 건네준 메모지를 들여다보며 말했다. 내가 알아볼 수 있는 단어는 아바나뿐이었다. 그녀는 지도를 달라고 했다. 지도와 볼펜을 꺼내 주자 베다도 지역의 남쪽 어딘가에 동그라미를 쳤다.

"산 니콜라스?"

지도에 나와 있는 거리 이름은 그랬다. 거리 끝에는 소아과 전문 병원 하나가 큼지막하게 그려져 있었다.

"그 러시아 남자와 날 이상하게 엮을 생각은 하지 마. 이건 네 일일 뿐이야. 난 그 러시아인은 보고 싶지도 않고, 심지어 넌 내 친구와 떡까지 쳤잖아."

그녀는 여전히 자기와는 무관한 일이라고 여기고 있었다. 하긴 이건 누구의 일도 아니다. 러시아 공관을 좀 쑤셔봤더니 그 남자가 튀어나온 것뿐이다.

11월 18일

미라마르 해변에서 또 한참이나 시간을 보내다 왔다. 파도가 밀려왔다 밀려가는 단조로운 반복 운동을 바라보고 있자니 저녁이 된 것도 모르고 있었다.

해가 떨어지기 시작할 때쯤부터 카메라를 꺼내 낙조를 찍기 시작했다. 어린 연인들이 오른편 앞자리에 나란히 앉아 있었다. 밀물이 한 발짝씩 전진해올 때마다 그들도 한 발짝씩 뒤로 물러나 앉았다. 낙조의 붉은빛이 정점에 이르렀을 때 나는 자리에서 일어났다. 허리와 허벅지가 뻐근하게 당겨왔다. 두 연인도 자리에서 일어났다. 내가 카메라를 들자 둘은 수줍게 웃으며 잠시 걸음을 멈추어주었다.

호텔 파노라마 주차장을 빠져나오는데, 흑인 소년이 따라오며 1쿡만 달라고 졸랐다. 나는 계속 못 알아듣는 척하며 걸음을 빨리 했다. 나와 거리가 멀어질수록 소년의 목소리도 커졌다.

나는 호텔 건너편 버스 정류장에서 베다도 지역으로 가는 버스를 기다렸다. 알고 있는 버스 번호는 하나였는데, 30분을 기다려도 오지 않았다. 정류장엔 흑인들뿐이었다. 날이 더 어두워지자 가로등 불빛도 희미한 곳에서 그들은 점점 더 보이지 않는 사람들이 되어갔다. 보이지 않는 사람들이 걸친 희고 파란 옷가지들이 어둠 속에서 떠다녔다. 하루 일을 끝낸, 약간 안도하고 약간 긴장이 풀린, 보이지 않는 목소리들이 어둠 속에서 즐겁게 흘러 다녔다.

점심을 먹고 다나이스와 택시를 타고 러시아 남자가 불러준 주소로 갔다. 내비게이션을 쓸 수 없는 아바나에서 주소를 찾는 일은 택시 기사에게 맡길 수밖에 없었다. 기사는 차량 정비소를 가리키며 저곳이라고 했다. 나는 멈추지 말고 천천히 그 앞을 지나가달라고 했다. 지은 지 아주 오래되어 보이는 건물들이 주변에 늘어서 있었다. 벽은 회칠이 비늘처럼 일어서 있고 지붕이 없거나 문이 막혀 있었다. 해는 났지만 골목이 풍기는 인상은 어둡고 눅눅했다.

택시는 200년쯤 됨직한 작은 석조 교회와 현지인들이 이용하는 창문도 없는 레스토랑을 지나쳤다. 기사가 가리킨 차량 정비소는 인적이 없었다. 정비소가 있는 블록을 한 바퀴 돌고 돌아왔을 때에도 정비소 안에서 사람은 보이지 않았다. 정비소를 두 번째로 지나쳐 코너를 돌았을 때 택시를 멈췄다. 다나이스가 먼저 택시에서 내렸다.

나는 그녀와 다섯 발짝쯤 떨어져 뒤따라갔다. 그녀가 휴대폰을 들어 전화를 걸었다. 응답이 없었다. 그녀와 나는 한낮인데도 어둠에 잠겨 있는 차량 정비소의 입구를 향해 걸었다. 가난뱅이들의 신, 요행의 신이 필요한 순간이었다. 입구 쪽 사무실을 들여다보니 한 늙은이가, 희끗희끗한 짧은 머리에 수염이 턱을 덮은 갈색 피부의 늙은이가, 등을 벽에 기대고 앉아 졸고 있었다.

11월 19일

무엇보다 아바나의 여성들은 혁명가의 후손들이다. 아바나 혁명 박물관에 가면 혁명군의 두 영웅 셀리아 산체스 만둘레이와 빌마 에스핀 기요이스가 피델 카스트로, 체 게바라와 함께 나란히 벽에 걸린 광경을 보게 된다. 이 여성 혁명가들은 산악 게릴라 전투에서 무슨 역할을 했을까. 밥하고 빨래를 했을까. 나의 이런 성차별적인 생각이 어디서 왔는지 잘 안다. 한국의 전쟁 영화들에서 왔다.

셀리아의 어깨엔 자동소총이 메어져 있고, 가슴엔 탄띠가 둘러져 있다. 뚜렷하지는 않지만 빌마의 어깨에도 총 같은 것이 메어져 있다. 그녀들도 총을 들고 독재자 바티스타의 정부군을 쏴 죽였던 것이다. 여기서 다른 의문이 또 든다. 여성은 총을 들었을 때 어떤 느낌이 들까.

총은 남성들에게 카메라와 같은 의미다. 아주 딱딱하게 발기한 남근 말이다. 아니, 카메라보다 더 크고 더 단순무식하고 더 무자비하다는 점에서 더 남근을 닮았다. 아니, 남성들이 '갖고 싶어 하는' 남근을 닮았다. 대개의 남성은 그렇게 크고 딱딱하고 오래 발기해 있고 무자비한 남근을 인생의 짧은 한때만 가져볼 수 있으니 말이다. 총은 남근의 실현할 수 없는 이데아이다.

카메라가 남성들에게 합법적으로 옷 밖에 내놓고 다닐 수 있는 남근의 역할을 하듯이 총 역시 그런 역할을 한다. 그걸로 위협, 살해까지 할 수 있다. 하지만 그럴 경우에도, 정확히 자신이 현재 가진 남근이 아닌, 자신이 가지고 싶어 하는 남근을 표상한다.

오늘은 혁명박물관에 갔다. 박물관은 혼령들의 집산지다. 세상에서 더 이상 보이지 않게 된 이들의 보이지 않는 혼령들이 모여드는 곳이다. 총을 멘 두 여자의 사진을 보면서, 귀신이 된 혁명가를 보지 못하는 건 바보다. 데리다는 언젠가 이런 말을 했다.

나는 이때의 매체라는 말을 좋아한다. 그것은 내게 유령, 망령, 환영 등이 이미지들 자체와 같은 것들에 대하여 이야기하고 있다. (⋯) 유령과 같은 성격은 사진의 본질이다.*

데리다는 보이지 않는 친구들의 존재를 이해하고 있다. 그 보이지 않는 위험한 친구들은 유령이 그런 것처럼, 종종 사진을 뒤집어 쓰고 무해한 존재인 듯 자신을 위장한다.

★ 자크 데리다, 마리-프랑수아즈 플리사르, 《시선의 권리》, 신방흔 옮김, 아트북스, 2004년, 107쪽.

11월 20일

하루 종일 비가 오락가락했다. 건기지만 한 주에 하루 이틀은 사나운 태양을 진정시키려는 듯 하늘에서 빗줄기가 쏟아진다. 비가 내리면, 긴팔 셔츠를 입을 정도는 아니지만 날이 쌀쌀해진다. 이곳의 빗줄기는 거세기가 총구에서 뿜어져 나오는 총탄 같다.

남성들이 총을 남근과 동일시하고, 더 나아가 이상화된 남근처럼 여기는 이유에는 총알도 있다. 남근이 정액을 내쏘듯, 총도 총알을 발사하는 것이다. 밤에 찍은 전투 장면을 보면 불꽃이 정액 방울처럼 쭉 붙어서 나간다. 이 시각적으로 증폭된 유사성 때문에, 게다가 부르르 떨리는 반동 때문에 더더욱 남성들은 총을 쏠 때 사정할 때와 같은 쾌감을 느낀다. 게다가 전장의 희생자들은 침대 속 상대처럼 비명을 지른다.

사회의 권력 구조에서 배제된 남성들이 총에 집착하는 것도 그 때문이다. 그들의 눈엔 총이 여성들과 기타 힘없는 남성들을 지배할, 영원히 발기한 남근이자 절대 권력처럼 보이는 것이다. 총만 쥐고 있으면 자신이 세상의 중심처럼 느껴지는 것이다. 총 역시, 정원을 수놓은 양탄자처럼 휴대할 수 있는 중심이다.

그래서 아직 사춘기에도 접어들지 않은 사내아이들까지 장난감 총만 보면 미쳐 날뛴다. 미래의 화끈한 성공과 성적 체험을 보장하는 보증서 같아 보이는 것이다.

다나이스를 보러 갔다가 낭패를 봤다. 우산도 없이 빗속에 갇혀 버렸다. 5시도 되지 않았는데 날은 벌써 캄캄했다. 아바나에는 가로등이 많지 않아서, 캄캄하다고 말할 땐 정말 캄캄한 것이다.

비가 내리다 잠시 그치는 틈을 타 건물들 처마 아래를 옮겨 다녔다. 그러다 보니 어느새 버스 정류장이 있는 아르마스 광장에 가까워 있었다. 운동화는 푹 젖고 똥을 밟아 엉덩방아를 쩧을 뻔도 했지만, 하다 보니 꽤 재밌어서 이런 식으로 숙소까지도 갈 수 있겠구나 싶었다. 공사 중인 건물의 캐노피 아래로 들어갔다. 발치에 연인으로 보이는 젊은 남녀가 쪼그리고 앉아 흰 천을 뒤집어쓰고 있었다. 침대 시트보다 조금 두꺼워 보이는 천이었다. 둘이 찰싹 달라붙어 천을 두르고 고개만 내민 채 어두운 거리를 바라보고 있었다. 둘 다 추운지 어깨를 떨고 있었다. 바들바들 떨고 있었다. 남자는 특히 오한이라도 든 듯했다. 그러고 보니 아바나는 겨울이었다. 반팔 셔츠로도 충분한 겨울이지만 그래도 비를 맞으면 소름이 돋을 만큼 쌀쌀했다.

말레콘에서는 방파제를 넘어온 포말이 유령의 손아귀처럼 공중 멀리까지 휘날리고 있었다. 가로등이 많지 않다고 거리가 위험해지는 건 아니다. 부족한 가로등 숫자만큼 거리에 경찰과 군인이 있으니까.

11월 21일

혁명박물관에 다시 갔다. 그저께 방문했을 때 뭔가 본 것 같은데 그게 뭐였는지 생각날 듯 말 듯, 계속 머릿속을 어지럽히고 있기 때문이다. 보던 순간에 부주의하게 별생각 없이 지나쳤거나, 뻔히 보면서도 그게 무슨 의미인지 잡아내지 못했던 거다.

여성 혁명가들의 사진부터 다시 봤다. 남근을 달고 성교를 해본 적이 없는 이 여성들은 총을 쏘며 무엇을 느꼈을까. 남근을 받아들이는 입장에 있던 이 여성들은 저 커다란 기관총을 들고 쏘면서 무슨 느낌을 받았을까. 카밀로 시엔푸에고스와 체 게바라가 느꼈을 법한 그런 느낌을 받았을까, 아니면 여성들만의 전혀 다른 느낌이 있었을까.

이 전형적인 남근주의적 질문에 대한 답은 뻔하다. 첫째는 남자인 나는 죽었다 깨어나도 그 느낌을 모를 것이라는 답이다. 둘째는 그런 질문 따위는 남자들이나 궁금해할 것이므로, 여성 혁명가들에게는 생각해볼 가치조차 없는 무의미한 질문이라는 답이다.

나는 사진들을 지나쳐 전시물들을 하나씩 다시 살피기 시작했다. 그러다 체 게바라의 유물들이 많은 어떤 방에 들어섰고, 내 마음을 집요하게 어지럽히던 그 무언가를 찾았다.

다나이스를 만났다. 숙녀들의 하우스가 있는 말레콘과 이탈리아가가 만나는 길목은 관광객들로 바글거렸다. 반바지와 반팔 차림에 하마처럼 몸집이 큰 백인 관광객들이 떼 지어 어디론가 가고 있거나 피자집 앞에 우르르 진을 치고 있었다. 지지난 주만 해도 피자집 앞에 줄을 설 필요는 없었다. 하지만 이번 주는 관광객들이 새하얀 물보라처럼 밀어닥치고 있었다. 숙녀들까지 줄을 서야 했다.

다나이스는 백인들 틈에 끼어 줄을 선 척하면서 호객하고 있었다.

"전화해봤어?"

그녀는 고개를 끄덕였다.

"나를 보고 있었대."

"정말?"

"그냥 내가 어떻게 생겼는지 보고 싶었대."

그녀는 러시아 남자가 틀림없이 지켜보고 있었으며, 아직 혈육인지 확신이 들지 않아 망설이고 있다는 얘기를 전했다. 동행에 대해서는 아무 말이 없었다고 했다.

11월 22일

지난번에 왔을 때 널빤지가 내 주의를 끌지 못한 이유가 있었다. 널빤지니까. 어디서나 흔히 보는 널빤지니까. 하지만 이 널빤지는 길바닥에 누워 있지 않고 유리 케이스에 넣어 박물관 한 귀퉁이에 고이 세워져 있었다는 사실에 주목했어야 했다. 역시 뭔가 사연이 있는 널빤지였다. 존 버거의 《사진의 이해》를 보면 체 게바라의 마지막 유물에 대한 이런 진술이 나온다.

> 1967년 10월 10일, 한 장의 사진이 전 세계에 전송되었다. 그 전 주 일요일, 리오그란데 강 북쪽 이게라스라는 정글 마을 인근에서 벌어진 볼리비아 군대와 게릴라들 사이의 전투에서 게바라가 사망했음을 보여주는 사진이었다. (…) 시신의 사진은 바예그란데라는 작은 마을의 마구간에서 찍은 것이었다. 시멘트로 된 여물통에 걸쳐놓은 들것 위에, 그의 몸이 놓여 있다.[*]

들것. 이 널빤지가 바로 게바라의 시신을 뉘었던 들것이었던 것이다. 널빤지 아래에는 '이 들것은 체의 시신을 (사살의 현장인) 이게라스에서 바예그란데(마을)로 옮기는 데 쓰였다'라는 설명이 붙어 있었다. 그리고 시신의 머리와 어깨와 등이 닿았을 만한 자리에는, 이제는 무슨 얼룩인지 짐작할 수 없게 된 검은 얼룩이 둥글둥글한 형상을 그리고 있었다.

[*] 존 버거, 《사진의 이해》, 김현우 옮김, 열화당, 2015년, 17쪽.

다나이스도 없고 보이지 않는 친구도 없는 심심한 날을 보냈다.
둘 다 바쁘다. 보이지 않는 친구는 물고기를 낚느라 바쁘고, 다나이
스는 백인 관광객을 낚느라 바쁘고.

하릴없이 말레콘을 여기저기 걸으며 러시아 남자가 그녀를 지켜
보고 있었다면 어디서 지켜보고 있었을까, 생각했다. 골목은 좁고
주변에 높은 건물이랬자 삼사 층짜리 카사뿐이었다. 그런 환경에
선 골목을 감시할 각도가 잘 안 나올 것이다.

저녁에 룰리의 하우스에 들러 다시 한번 낚싯대를 뽑아 들었다.
펰펰 소리가 또 하우스에 조용히 울려 퍼졌다. 이 백인 마스터는,
자신이 숙녀들의 발가락을 핥고 사는 돼지인 줄 잊지 않도록 가끔
생각날 때마다 채찍질을 해줘야 한다.

체 게바라의 널빤지는 예수의 시신을 감쌌다는 토리노의 성의처
럼 일종의 본보기 역할을 한다.

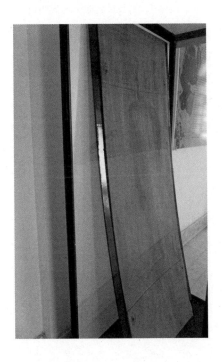

토리노의 성의는 성경 속 기적이 사실임을 입증하는, 또 기독교
라는 종교의 진실됨을 증명하는 본보기의 역할을 했다. 게바라의
널빤지 역시 쿠바인들에게 혁명의 숭고함을 일깨우는 본보기의 역
할을 한다. 미국의 꼭두각시 노릇을 하던 군부독재를 쫓아내는 혁

명은 과연 목숨을 바칠 만한 일이라는 본보기 말이다. 목숨을 바쳐야 할 만큼 어렵고 두려운 일이고, 그 일을 마침내 해낸 사람이 정말로 있었다는 본보기 말이다. 물론 토리노의 성의는 거짓임이 증명됐다. 14세기 중부 유럽 어딘가에 살았던 그냥 수염 나고 머리를 기른 어느 마른 남자의 형상이라는 얘기다. 게바라의 널빤지도 사실 DNA 검사를 해봐야 한다고 나는 생각한다.

또한 게바라를 쏴 죽인 미국 정보부의 입장에서는 "정치적 경고"일 수 있다. 존 버거는 "악명 높은 게릴라 지도자"인 게바라의 시신이 "남미대륙의 모든 게릴라 전사들에게 전하는 말"의 역할을 했다고 한다. 그러니까 CIA가 골치 아픈 게릴라들에게, 세상의 중심인 미국에 협조하지 않으면 너희도 이렇게 될 거야, 하면서 게바라의 시신을 찍은 사진을 보여주었다는 것이다. "혁명의 덧없음"을 강조해 라틴아메리카 혁명의 물결에 기운을 쭉 빼놓기를 바랐다.

또 한편 게바라의 시신, 정확히는 시신을 찍은 사진은 존 버거에 따르면 "한 인간의 가능성에 대한 세계적인 상징"이 되었다. 그는 제국주의가 지배하는 세상에서 "인간으로서 용납할 수 없는 것을 알아보았고, 그것에 따라 행동"*했다는 말이다. 그는 용납할 수 없는 세상을 마침내 바꿔놓은, 위대한 인간의 상징이 되었다.

게바라의 시신 하나가, CIA부터 쿠바 혁명정부와 프랑스의 문필가 존 버거에 이르기까지, 서로 다른 입장에 있는 여러 사람, 정치집단에 의해 이처럼 온갖 종류의 본보기로 쓰여왔다.

혁명박물관에는 볼리비아로 넘어가기 직전에 찍은 게바라의 사진들도 전시하고 있다. 게바라는 무사히 국경을 통과하기 위해 '아

★ 존 버거, 앞의 책, 19~23쪽.

돌포 메나 곤살레스'라는 새 신분을 만들고, 위조 여권을 만들었다. 더벅머리로 유명했던 숱 많은 흑발 가운데를 바리캉으로 쭉 밀어 버리기까지 했다. 아마 아돌포가 머리가 벗어질 만한 중년의 나이 였던 모양이다. 양 옆머리만 남겨놓고 시원한 대머리가 된 게바라 는 올리브색 군복을 벗어놓고 단정한 양복에 넥타이를 매고 뿔테 안경까지 걸쳤다. 게바라 스타일의 핵심이었던 수염까지 말끔히 깎아버린 게바라는 더 이상 게바라가 아니었다. 아돌포였고, 한참 들여다보고 있자니 이번엔 10년 전 〈히어로즈〉라는 미국 드라마에 서 초능력자로 등장했던 재커리 퀸토가 보였다. 10킬로그램쯤 살 이 붙은 재커리 퀸토. 잿빛 중절모를 쓰고 볼리비아로 CIA와 싸우 기 위해 떠나는 비운의 히어로.

아바나 거리를 다녀보면 게바라처럼 덥수룩하게 수염을 기른 쿠 바 남성은 보기 힘들다. 아돌포처럼 푸르스름한 빛이 돌 정도로 면 도를 깔끔하게들 한다. 턱만 보자면 한국의 남성들과 다를 바 없 다. 열대의 기후에서 수염을 기르면서 매일 빨지 않으면 가렵고 쉰 걸레처럼 악취가 진동할 것이다. 그러니 아마 너저분한 수염은 혁 명 당시에 잠깐 유행한 패션이 아니었을까. 따뜻한 물도 없고 면도 칼도 구하기 힘든 산속에서 게릴라 생활을 하다 보니 어쩔 수 없이 수염을 기르게 됐고, 피할 수 없으면 즐기자고 수염을 가꾸기 시작 한 것이다.

쿠바를 떠나기 전 카스트로가 게바라의 여권을 손에 들고 펼쳐 보는 사진도 전시되어 있다. 카스트로의 고불고불한 수염 역시 얼 굴의 반을 덮고 목을 지나 가슴까지 내려와 있었다. 수염을 기르지 않으면 혁명 영웅이 아니라는 것처럼.

카스트로는 게바라의 위조 여권을 보며 무슨 생각을 했을까. 오래전 사진이라 뚜렷하지는 않지만 그가 눈웃음을 치고 있는 듯도 하다. 웃지 않을 수 없었을 것이다. 이제 거의 완벽한 볼리비아 신사 아돌포가 된 게바라는 자신의 여권을 확인하고 있는 카스트로를 보고 있다. 나는 21세기의 살찐 재커리 퀸토를 보고 있다. 어쩌면 이 사진 속 만남이 둘의 마지막 만남이었을 수도 있다.

카스트로든 게바라든 완벽한 인간이었다고는 믿지 않는다. 카스트로는 그저 풀헨시오 바티스타의 뒤를 이은 또 다른 독재자였을 수 있고, 역사적으로 카스트로 형제는 바티스타보다 더 오래 권력을 쥐고 있었다. 이를테면 앙리 레비의 책에는 카스트로를 "그 늙은 염소는 스탈린 같은 사람이오"* 하고 부르는 사람도 등장한다. 게바라의 경우 그의 전장에서의 기록만 보면 사이코패스에 가깝다. 그는 말하자면 적의 군대를 시쳇더미로 만드는 데 최적화된 인물이었다.

눈에 보이는 기록만 믿어서는 안 된다. 게바라의 여권을 보라. 누가 저 인물을 쿠바혁명을 이끈 산악 게릴라 대장이라고 믿을까. 볼리비아 국경을 지키는 경찰들이 깜빡 속아 넘어간 것도 무리가 아니다. 내 눈엔 재커리 퀸토까지 보인다. 우리는 눈에 보이지 않는 것들을 찾아내고 볼 줄 알아야 한다. 존 버거는 이렇게 말한다.

보이는 것이 보이지 않는 것을 불러낸다.**

★ 베르나르 앙리 레비, 앞의 책, 282쪽.
★★ 존 버거, 앞의 책, 34쪽.

얼음 사진을 보며 태양을 떠올리고, 알몸 사진을 보며 사랑을 떠올리고, 우승한 경주마 사진을 보며 그 말이 달려온 트랙을 떠올리는 것이 마땅하다는 얘기다. 그는 또 이런 말도 했다. 사람들은 "무언가가 눈에 보이면 그건 사실이며, 사실만이 유일한 진실을 담보한다는 생각"을 한다고. 사진의 조작 가능성이 지금은 널리 알려졌으니, 사진을 덮어놓고 믿는 사람은 많지 않겠지만 어쨌든 유효한 통찰이다.

나부터가 이 노력을 잊지 말아야겠다, 보이지 않는 것들을 보려는 노력.

　말레콘의 보이지 않는 친구로부터 걱정하는 소리를 들었다. 그가 먼저 나를 찾은 것도 참 오랜만이다. 날은 아주 맑은데, 다리가 휘청거릴 정도로 바람이 셌다.

　"눈에 보이지 않는 것들을 찾아내고 볼 줄 알아야 한다?"

　보이지 않는 친구는 바늘에 생새우 살을 잘라 끼우며 흘긋 뒤를 돌아보았다. 그는 내 앞면에서 일기를 쓰는 놈에 대해 말하고 있었다.

　"그게 뭐? 눈에 보이는 것만으로는 성에 안 찬다잖아."

　"우리를 눈치챈 건 아니겠지? 설마 우리를 보기 시작한 건 아니겠지?"

　곰곰 생각해보니 그럴 수 있었다. 하지만 그래서?

　"위협이 되기엔 그놈 손에 들린 패가 너무 적어. 그저 사진 몇 장뿐이라고."

　나는 체 게바라 사진 몇 장 가지고는 볼 수 있는 게 얼마 안 될 거라고 말했다.

　진심이었다. 이를테면 1958년에서 1959년으로 넘어가던 운명의 순간에 대해선 무엇을 더 볼 수 있을까. 체 게바라의 혁명군이 아바나의 주요 시설을 장악하고 독재자 풀헨시오 바티스타 대통령을 잡으러 올 참이었다. 거리는 성난 인민들로 가득하고 경찰과 정부군은 통제력을 잃어버렸다. 한편 사업가들과 정부 관료들은 연회장에 모여 흥청망청 신년 파티를 즐기고 있었다. 이날의 상황은 이미 영화 〈대부 2〉에 잘 드러나 있어 많은 이들이 더 이상 의심하지 않는다. 사람들은 볼 만큼 봤다고 생각하고, 자신이 진실을 알고 있다고 여긴다. 독재자 바티스타는 나라를 구할 생각은 않고 연회장 한편의 응접실로 달려가 코사 노스트라 두목 메이어 랜스키에게 전화를 건다. 코사 노스트라는 '우리 것'이라는 의미로, 청부 살인을 맡아 하는 '살인회사'까지 거느린 미국 최대의 범죄 조직이었다.

친미 성향의 독재자 바티스타는 쿠바에서 도망치기 직전, CIA 같은 미국 정부 조직을 찾지 않고 마피아 두목을 먼저 찾았다. 바티스타의 독재 권력은 2개의 배후에 지탱되고 있었는데, 하나는 미국 정부고 다른 하나는 미국 범죄 조직이었다. 그는 필요에 따라 이 배후 저 배후에 바꿔가며 연락을 했다. 미국 정부는 바티스타를 통해 낮의 쿠바를 지배하며 중남미에 대한 미국의 지정학적 위치를 확고히 했다. 코사 노스트라는 바티스타를 통해 밤의 쿠바를 지배하며 마약을 유통하고 카지노 도박과 매춘, 돈세탁 사업으로 떼돈을 벌어들이고 있었다. 이 정도라면 혁명이 일어나지 않는 게 오히려 이상할 것이다. 다나이스가 있는 '룰리의 숙녀들'도 어쩌면 그때부터 이어져 내려온 조직범죄의 잔재일 수 있다. 하우스를 지키는 백인 돼지의 엉덩이를 까보면 'made in USA'라고 낙인이 찍혀 있을지 모른다. 야반도주를 하며 바티스타가 랜스키에게 전화를 한 것은, 밤의 쿠바를 코사 노스트라가 지배하고 있었기 때문이기도 하지만 무엇보다 검은돈과 관련된 용무여서일 것이다.

바티스타 대통령이 쿠바를 떠나던 날 밤, 그의 군용 지프차에서 지폐가 담긴 부대 몇 개가 사라진다. 마피아가 돈세탁을 위해 바티스타에게 맡긴 돈이었다. 현찰 400만 달러다. 여기까지도 알고 있는 사람이 있을 수 있다. 특별히 관찰력이 좋고 눈이 부지런한 사람이라면 말이다. 하지만 현찰이 담긴 부대가 사라지는 과정에서 무슨 대화가 오갔는지는 보이지 않는 친구들만이 아는 보이지 않는 사건이다.

보이지 않는 친구는 지프차를 막아서며 보닛에 왼팔 팔꿈치를 올려놓았다.

"도미니카까지 뱃삯이 얼마나 나와?"

군용 지프차를 지휘하던 군 장교는 총을 뽑아 들었다. 계급은 계급장을 떼버려 알 수 없었다.

"도미니카까지 뱃삯이 얼마나 나오느냐니까?"

또 다른 보이지 않는 친구가 다시 물었지만 군 장교는 질문의 의미를 못 알아듣고 총을 겨눠 방아쇠를 당겼다. 하지만 그는 보이지 않는 친구에게 찰과상 하나 입힐 수가 없었다. 탄창을 다 쓰지도 못하고 그는 부들부들 떨면서, 현찰 부대를 바닥에 내려놓으라고 부하들에게 명령할 수밖에 없었다.

"도미니카 가는 뱃삯은 왜요?"

장교는 총이 쓸모없게 되자 자신이 발기불능임을 깨달은 사내처럼 울먹였다. 부하 둘이 흙바닥에서 죽어가고 있었다.

"바티스타가 배를 타고 도미니카로 도망을 갈 거거든."

세 번째 보이지 않는 친구가 친절한 목소리로 가르쳐주었다. 도미니카공화국은 섬나라로 쿠바의 카리브해 이웃 나라다. 다른 이웃 섬나라로는 아이티와 자메이카가 있다. 바티스타가 도미니카공화국을 선택한 이유는, 도미니카공화국의 트루히요 대통령도 미국 정부의 꼭두각시이기 때문이었다. 마주 앉아 있으면 혈육을 보는 것 같은 친근함이 느껴진다고 할까. 하지만 트루히요 역시 1961년 암살당한다. 범인들의 배후에는 CIA가 있다고 알려졌다. 암살의 이유는 폭정이 지나쳐 이 권력의 개가 주인의 발을 물게 생겨서. 미국은 다른 꼭두각시를 세우기 위해 1965년 도미니카공화국을 무력침공한다. 아무튼 그때도 보이지 않는 친구들의 활약이 있었다.

"아닌데요. 우리 대통령 각하는 비행기를 타실 겁니다. 우리도 공군기지로 가기로 했고요."

장교는 세차게 흐느끼면서 고개를 저었다.

"바보 같은 소리 마. 공군기지는 벌써 체 게바라가 챙겼어. 아마 지금쯤이면 거기서 똥도 누웠을걸."

장교의 울음소리는 더 커졌다. 그는 지프차에서 대기하던 연락병에게 무전을 넣어 확인해보라고 명령했다. 잠시 후, 이제는 연락병까지 울기 시작했다.

"산 프란시스코 항구까지 어떻게든 짐을 무사히 가져오래요. 우리가 살길은 그뿐이랍니다."

"우리 몫을 뗄 건데?"

"얼마나요?"

이제 장교는 공포와 걱정에 짓눌려 거의 말도 못 이을 지경이었다.

"글쎄. 뱃삯은 남겨야겠지."

그렇게 해서 그날의 보이지 않는 친구들은, 1959년 회계연도 상반기에 자신들이 집행해야 할 예산의 대부분을 챙길 수 있었다. 1월 1일의 수입이니 계산하기도 무척 편했다.

이렇게 길다고 하면 긴 이야기를 사진 몇 장으로 어떻게 밝혀낼 수 있을까. 보이지 않는 친구들의 역사는, 사진이든 서류든 어떤 기록도 남기지 않는다. 그리고 일반의 상상을 뛰어넘을 만큼 배배 꼬이고 엉뚱한 방향으로 끊임없이 가지를 쳐나가기 때문에, 살신성인의 노력을 기울이지 않고는 아무것도 볼 수 없다. 그런 성실성은 앞면의 놈에겐 손톱만큼도 없으니 안심해도 된다.

혁명이 성공하자 미국의 배후 세력들은 쿠바의 낮과 밤을 다 잃었다. CIA는 낮의 쿠바를 잃었고 마피아는 밤의 쿠바를 잃었으며, 둘 다 돈을 잃었다. CIA는 훗날 파나마에서 했던 마약 생산·유통 사업을 쿠바에서 할 계획이었는지도 모른다. CIA는 1980년대 파나마에서 마약 사업으로 자금을 만들어 니카라과 좌파 운동을 진압하는 데 보탰다. 파나마와 니카라과 둘 다 쿠바의 이웃 나라다. 파나마의 노리에가도, 쿠바의 바티스타나 도미니카공화국의 트루히요처럼 CIA 입김으로 대통령이 됐다가 CIA의 배후로 암살당한 독재자다. 마피아는 쿠바를 도박과 매춘 사업의 왕국으로 만들려다 도망을 쳐야 했다. 코사 노스트라의 '살인회사'보다 더 용맹하고 독한 게 쿠바의 산악 게릴라 부대였던 것이다. 사정이 이러니 CIA와 마피아가 쿠바에서의 지분을 되찾기 위해 동맹을 맺었다고 해도 이상하지 않을 것이다. 두 살인 집단은 피델 카스트로를 암살하기 위해 연합군을 꾸려 밤낮으로 그를 노린다. 여기까지는 보이는 사실이다. 미국 국회부터 언론까지 기록이 넘쳐나니 보이는 것의 진실성을 부정할 방법도 없다.

그렇다면 보이지 않는 사실은? 보이지 않는 친구들은 쿠바의 혁명가들이 가슴까지 수염을 기르는 버릇이 있다는 점에 착안해 작전을 짰다. 혁명가들의 연찬회에 마이크로 폭탄을 숨겨갈 곳으로 수염을 택한 것이다. 혁명이 성공하고 나서도 카밀로 시엔푸에고스처럼 암살 작전의 희생자가 나오곤 했으니 당연히 연찬회의 경비는 삼엄했다. 하지만 수염 속까지는 손을 넣어 뒤지지 않는다는 사실을 누군가 간파했다.

"왜지? 어쩐지 쉰내가 날 것 같고 더러워 보여서일까. 진정한 사내라면 수염을 잘 빨지 않을 테니까."

보이지 않는 친구가 물었다.

"그보다는 수염에 손을 넣어 만지작거리는 게 일종의 모욕 같아서 그러지 않을까. 누가 내 수염에 손을 넣고 휘젓는다면, 나는 아마 어느 호모 새끼가 내 자지를 만지는 기분이 들 거야. 그러면 묻지도 않고 쏴버리는 거지."

호모를 증오하는 또 다른 보이지 않는 친구가 말했다.

"수염은 오로지 남자들한테만 나는 거지. 그건 거의 남근이야. 여자한텐 없다고. 함부로 만져서도, 함부로 놀려서도, 함부로 잘라내서도 안 되지. 뭐랄까, 어려운 말 같지만 나는 일종의 거세 콤플렉스가 작동하고 있다고 봐. 그래서 수염을 깎을 때마다 남자들이 전장에라도 나가는 것처럼 그토록 진지한 표정을 짓는 거지."

누군가 이봐, 내 마누라는 수염이 난다고…… 하고 중얼거렸지만 대꾸는 없었다. 이유야 어떻든 연찬회장 입구에서 다른 곳은 다 뒤져도 수염 속만은 뒤지지 않는다는 사실은 분명했다. 여러 명의 증인이 있었고 경험자도 있었으며, 그들 자신이 직접 확인하기도 했다. 작전이 동의를 얻은 날, 제비뽑기에 당첨된 보이지 않는 친구하나가 수염을 기르기 시작했다.

마이크로 고성능 폭탄을 숨기려면 아주 풍성하고 기다란 수염이 필요했으므로, 폭탄의 사이즈를 줄이고 폭탄에 맞는 수염을 시험 삼아 길러보는 데만 1년이 걸렸다. 그리고 연찬회에 초대될 만한 닮은꼴 인물을 찾는 데 2개월이 소요되었고, 수염 기른 보이지 않는 친구를 그와 비슷하게 성형수술을 하는 데 또다시 6개월이 걸렸다. 쿠바 혁명가들의 얼굴 대부분은 수염과 구레나룻에 엉망으로 덮여 있었기 때문에 크게 고칠 필요는 없었다. 하지만 수술을 하며 구레나룻과 수염을 깨끗이 밀어버렸기 때문에 다시 기르는 데 또 1년을 썼다.

마침내 준비가 끝났을 때는 뒤숭숭한 쿠바 분위기 때문에 연찬회가 계속해서 취소되어 암살 작전을 실행할 기회를 잡지 못했다. 이래서 또 4개월이 그냥 지나갔다. 이제 수염을 기르고 성형수술을 한 보이지 않는 친구는 가려움증과 우울증 탓에 거의 죽어가고 있었다. 그는 손톱에 피가 묻어날 정도로 턱을 벅벅 긁고 거울을 볼 때마다 깜짝 놀라면서 우울증 발작을 일으켰다. 카스트로가 참석하는 호텔 연찬회가 다시 열리기 시작했지만 이번엔 초대 명단에서 계속 제외됐다.

처음 초대장을 받은 건 작전에 들어간 지 3년이 흘러서였다. 보이지 않는 친구들은 작전이 실행에 옮겨진다는 사실이 너무 기뻐 축하 파티를 열었다. 다음 주면 죽을 보이지 않는 친구는 해방감에 울기까지 했다. 그리고 연찬회 날 아침 그들은 닮은꼴 인사를 납치해 칠레 남단 푼타아레나스로 떠나는 배에 태워 보냈고, 수염 속에 폭탄을 감춘 보이지 않는 친구를 대신 그의 차에 타게 했다. 이제 저녁까지 아바나 시내를 빙빙 돌다가, 19시에 연찬회가 열리는 호텔 내셔널의 1930 살롱에 무사히 들어가 카스트로 곁에 서기만 하면 되었다.

하지만 역사가 그리 간단히 이루어질 리 없다. 보이지 않는 친구가 탄 승용차는 카피톨리오가 멀리 보이는 시내 교차로에서 물 보급 차량에 들이받혔다. 크지는 않지만 식수가 가득 채워진 육중한 탱크로리가 승용차를 밟고 타고 넘었다. 승용차의 지붕이 짜부라졌고, 그 순간에 보이지 않는 친구의 턱이 가슴에 닿아 스위치가 눌렸고 폭탄이 작동됐다.

사고로 알려진 그날의 암살 방해 공작으로 보이지 않는 친구 넷이 죽었다. 승용차에 타고 있던 운전사와 3년을 기다린 자살폭탄 테러범, 그리고 탱크로리에 타고 있던 운전사와 만일의 경우에 대비해 기관총을 준비해놓고 있던 저격수.

카스트로 암살을 실행한 보이지 않는 친구들이 놓쳤던 건, 카스트로의 외곽을 지키던 보이지 않는 친구들의 존재였다. 그랬다. 보이지 않는 친구들은 저편에도 있었다. 그 일로 보이지 않는 친구들은 카스트로 암살에서 손을 뗐고, 그날의 폭발사고는 운전사 둘만 희생된 평범한 교통사고로 언론에 보도되었고, 기록으로 남았다. 영영 보이지 않게 됐다. 눈에 보이는 사실은 그냥 교통사고였다. 카스트로는 결국 21세기에 이르도록 장수를 했다. 보이지 않는 친구들은 이 세상 누구한테든 들러붙을 수 있다. 저주처럼, 포스트잇처럼. 쿠바에서 소설 나부랭이를 쓰던 헤밍웨이도 말년에 자신이 FBI한테 쫓기고 있다고 주장했다. 이 주장이 광인의 발작이라고 여겨져 불쌍하게도 정신병원에서 전기치료까지 받았다. 그가 자살하고 많은 시간이 흐른 다음, 정부 측 자료에 의해 FBI가 자신을 감시한

다던 그의 주장은 사실로 밝혀졌다.

손에 쥔 사진 몇 장으로 알아낼 보이지 않는 사실은 많지 않다. 빙산의 일각이라는 표현도 있지만 실은 당신들은 흑막의 은하계에서 살고 있는 것이다. 이 흑막의 은하계에서 당신들이 볼 수 있는 사실의 최대치는 구글 어스에 나오는 사진과 지도가 전부다.

말레콘이 어둑해지고 외국인 술꾼들이 차지했던 레스토랑 테이블들이 비기 시작했을 때, 나는 룰리의 하우스를 찾았다. 밤 10시가 가까워지자 안심한 얼굴의 백인 돼지가 하우스 현관으로 기어나왔다. 이때까지 내가 이 시간대에 찾아왔던 적은 없었으니까.

나는 바닥에서 버둥거리는 백인 돼지를 굴려 뒤집어놓은 다음 반바지를 까보았다. 흰색 면으로 된 드로즈 팬티 아래서, 살집이 투실투실하고 회초리 자국이 가로지른 새하얀 엉덩이가 드러났다. 악마의 표식 같은 건 없었다. 똥을 조금 지리기는 했어도 엉덩이에 몰래 숨겨놓은 made in USA 문신 같은 건 없었다.

11월 24일

오늘은 하루 종일 식수를 구하러 다녔다. 쿠바의 수돗물에는 석회 성분이 많아 마시는 물은 생수를 사 마셔야 한다. 설거지한 마른 접시를 보면 하얗게 석회가 말라붙은 자국이 눈에 띌 정도다. 원래부터 나는 장이 예민해 밖에 나가면 생수를 사 먹는다. 생수는 '아구아'라고 쓰인 병을 사야 한다. '워터'는 탄산수다.

쿠바는 생수를 구하는 게 쉽지 않다. 재고가 바닥나 갑자기 구할 수 없게 되는 상품들이 쿠바엔 흔하다. 열흘 전부터 숙소로 쓰는 아파트 주변 마트들에서 생수 재고가 점점 줄어드는 게 눈에 보일 정도더니, 사나흘 전부터는 숙소 근방 마트들에서 생수가 자취를 감췄다. 그래서 오늘 이 고생을 한 거다. 그저께 한 마트에 생수가 한 트럭 들어온 것을 보고 설마, 물이 떨어지겠어, 하고 안심을 했는데 내가 다른 물건을 고르는 동안 근처 레스토랑의 웨이터들이 몰려와 카트에 산더미처럼 싣고 나갔다. 그 마트에는 오늘도 생수가 들어오지 않았다.

생수를 구할 수 없어 산책을 나가선 콜라를 사 마시고 숙소에선 탄산수를 마셨다. 술에 타지 않은 탄산수는 목은 축일 수 있을지 몰라도, 입맛을 망치고 기분을 더럽게 한다. 숙소 주변엔 이미 생수를 파는 곳이 남아 있지 않아서, 말레콘의 이탈리아가까지 가서 겨우 생수를 구할 수 있었다. 왕복 5킬로미터 거리를 두 번 왕복해서 생수 20병을 사 왔다.

말레콘에 앉아 다나이스와 나는 러시아 남자에게 전화를 걸었다.

"신호는 가."

그녀의 휴대폰에서 〈라비앙 로즈〉의 경음악 버전 멜로디가 흘러나왔다.

"받지는 않아."

그녀가 통화를 끊고 휴대폰을 백에 넣더니 고개를 기울여 내 어깨에 머리를 기댔다. 거칠고 사납기가 말레콘의 물수리 같은 그녀가 이렇게 자연스럽게 머리를 기대올 줄은 예상하지 못했다.

"내가 별로 안 매력적인 걸까?"

그녀가 짧게 한숨을 내쉰 끝에 중얼거렸다. 러시아 남자가 아버지가 맞는다면 왜 연락을 하지 않는지 그녀도 궁금했던 것이다. 그녀는 아버지의 정을 모르고 자랐고, 그래서 그녀는 아버지도 남자니 하우스의 손님들처럼 자신이 매력적이어야 찾아올 것이라고 생각하고 있었다.

"그날 좀 예쁘게 하고 갈 걸 그랬나? 진짜 쿠바 여자들처럼 머릴 더 볶을까?"

어쩌면 러시아 남자가 그녀를 피하는 이유는, 그를 찾으러 갔던 날 그녀 뒤를 따라가던 나를 봤기 때문일 수도 있었다. 충분히 가능성 있다. 그녀가 휴대폰 버튼을 누를 때 놈의 번호를 외워두었다. 유선전화였다.

11월 25일

어제오늘 아바나의 마트들을 온통 뒤지고 다닌 끝에 생수 41병을 확보했다. 그중 5병은 5리터짜리 큰 병이다. 이 정도면 열흘은 버틴다. 냉장고에 다 들어가지 않아 주방 찬장이며 안방 장롱에도 한 뭉치씩 들여놓았다. 오늘의 하이라이트는 호텔 리브레의 1층 음료 매장이었다. 저녁 7시가 다 되어서 지치고 체념한 마음으로 호텔에 들렀더니, 와인과 보드카와 쿠바 특산 럼주와 맥주병들 사이에서 생수를 모아놓은 선반이 눈에 띄었다. 외국의 부유한 관광객들이 묵는 특급 호텔이니 생수 공급이 원활한 모양이었다. 나는 가방이 찢어져라 생수를 쓸어 담았다.

인도도 그랬다. 인도라는 낯선 환경에 잘 적응한 사람은 인도를 이윽고 사랑하게 되고, 적응하지 못한 사람은 인도에 대해 치를 떤다. 쿠바도 똑같다. 마실 물은 마뜩잖고 인터넷은 안 되고 차는 낡았고 거리는 개똥 천지고 (인도는 소똥 천지고) 너무 덥고 비는 무서울 정도고, 생활환경은 하나부터 열까지 내국인 위주다. 하지만 그 모든 물자 부족과 불편들에도 불구하고, 그 모두를 보상하고도 남을 무언가를 찾아내는 사람들이 있다. 늦은 저녁, 라 람파의 후미진 골목에서 매캐한 공기 냄새를 맡으며 마시는 500원짜리 에스프레소의 맛 같은.

"아바나의 고양이하곤 대화를 해봤나?"

보이지 않는 친구가 물었다. 잡은 물고기를 넣어두는 25킬로그램들이 새하얀 플라스틱 통엔 바닷물만 반짝거렸다.

"고양이는 왜?"

나는 러시아 남자가 전화를 받지 않으며, 그가 내 존재를 눈치챘을 수도 있으며, 그렇다면 평범한 바람둥이는 아닐 거라고 했다.

"아바나의 고양이들은 사람이 먼저 야옹, 하면 야옹, 하고 대꾸를 해준다고. 일단 대화를 시작하는 건 가능해."

아바나에는 개도 흔하지만 고양이도 흔하다. 생김새는 코리안 숏헤어와 비슷한데, 꼬리 끝 털이 더 풍성하다.

"하지만 문제는 그다음부터야. 사람은 고양이의 말을 못 알아듣기 때문에 고양이의 야옹, 하는 대꾸에 뭐라고 대답해야 할지 모르거든. 그래서 아무 인간 말이나 지껄이거나 똑같은 야옹 소리만 반복하게 되고, 고양이는 그만 지치고 실망해선 등을 돌리고 제 갈 길을 가게 되지."

내가 반응이 없자 보이지 않는 친구는 남한의 고양이도 그런가, 하고 혼잣말처럼 물었다.

"애초부터 대화를 할 수 없는 상대일 수도 있어, 그 러시아 남자 말이야."

11월 26일

산 프란시스코 광장의 한 화랑에서 전시회를 봤다. 마침 오픈 날이었는데, 지나가다 북적거리는 사람들을 보고 무작정 들어간 것이었다. 전시실 안쪽 중정에는 뷔페 테이블도 마련되어 있어서 이름도 모르는 쿠바 음식과 와인을 맛볼 수 있었다. 공연도 열렸다. 쿠바는 무슨 일에든 춤과 노래를 빼놓을 수 없는 듯, 오늘 찾은 화랑은 전시회를 오픈하면서 밴드를 불러 노래를 시키고 있었다.

작품은 단단한 고형 물질인 암석을 작가의 상상력으로 묘하게 변형시킨 초현실적인 회화 작품들이었다. 녹아내리거나 괴상한 구멍이 뚫리거나 뭔가 4차원적으로 일그러진 기암괴석이 꿈결 같은 환상적인 배경에 놓여 있었다. 노란 달이 뜨고 파란 물이 출렁였다. 이런 초현실주의적인 구상 회화는, 추상화를 이해 못 하면서 구상 회화는 너무 쉽다고 생각하는 관람객들이 종종 선호하는 스타일이다. 작가와의 대화 시간도 있었는데, 방송국에서 나와 촬영을 하고 있었다.

아바나의 화랑들을 다니다 보면 어째서 이 사람은 피카소처럼 성공하지 못했을까, 하는 의문이 드는 작가가 한둘이 아니다. 쿠바에 피카소만 한 작가가 없는 게 아니다. 쿠바에 없는 건 피카소만 한 천재가 아니라, 피카소의 성공을 만든 제도다.

밤 산책 시간에 말레콘에서 붐 박스를 들고 다니며 랩을 하는 친구를 봤다. 중키에 마른 체격으로, 길게 꼰 곱슬머리를 치렁치렁 흔들면서 말레콘을 휘젓고 다녔다. 피부가 검어서 가로등이 밝지 않은 곳에선 얼굴을 알아볼 수 없었다. 그는 붐 박스를 크게 틀어놓고 다니다 문득 걸음을 멈추고는, 1980년대 유행하던 브레이크 댄스를 췄다.

흑인 친구는 라 람파 주유소가 있는 곳까지 말레콘을 따라 쭉 걸으며 여자아이들이 몰려 서 있는 곳이면 어디든 걸음을 멈추고 춤을 췄다. 서넛이 뭉쳐 있으면 어떻게든 사이를 비집고 들어가 팔을 꺾고 다리를 꺾고 때론 불량스럽게 하체를 흔들며 여자아이들을 놀라게 했다. 물론 즐거워하며 장단을 맞춰주는 여자아이는 없었다. 일단 별로 쿨하지 않은 데다, 너무 속이 뻔히 보이고, 무엇보다 1980년대풍이었다. 사회주의 쿠바의 여자아이들도 뭐가 유행이고 아닌지는 알고 논다.

카세트테이프가 2개 들어가는 더블 덱 붐 박스가 지금도 있다는 사실도 놀라웠다.

11월 27일

산 프란시스코 광장에서 바다를 왼편에 두고 계속 남쪽으로 내려가다 보면 거대한 창고를 개조해 만든 미술 시장이 나온다. 내가 미술에 관심이 있다고 하자 코디네이터 리자가 "아바나 비에하 남쪽에 미술품 파는 데가 있어요. 창고를 개조해서 만든 덴데, 거기 가면 미술품 많아요……" 했던 곳이다.

서울의 서초동 꽃시장 비슷하다. 꽃 대신 그림을 판다고 생각하면 되고, 다만 미술 시장은 시원한 바닷바람이 들락거리는 서늘한 곳이다. 얼마나 크고 작품이 많은지, 대충 보며 걸어 다녀도 한 바퀴 도는 데 한 시간이 넘게 걸린다. 처음 이 '알마세네스 산 호세'에 왔을 때 미술품 상설시장이 이렇게 큰 규모로 있을 수 있다는 사실에 놀랐다. 서울에도 화랑미술제 같은 대규모 미술 시장이 있지만, 겨우 일주일 열리고 만다.

오늘이 두 번째다. 이곳에 오면 쿠바에 피카소만 한 작가들이 널렸다는 생각이 절로 든다. 그런 작가들이 창고 한구석에서 직접 자기 그림도 팔고 이젤을 갖다 놓고 작업도 한다.

오늘 본 그림에 물라토 여자를 모델로 쓴 그림이 있었다. 진한 초콜릿색 피부에, 윤기가 흐르고 곱슬머리가 어깨에서 출렁이고, 가늘고 긴 팔다리가 유연한 각도로 굽어 있다. 다나이스가 그렇다. 그녀보다 피부색이 좀 짙긴 하지만. 타고난 골격이 호리호리하면서도 거의 미친 글래머. 그녀의 허벅지 문신처럼, 딱 명산인.

11월 28일

아바나를 벗어나 쿠바의 지방 도시에도 가보고 싶어 시외버스 터미널에 갔다가 허탕을 치고 왔다. 터미널 매표원이 여기는 아니라고 몇 마디 설명을 해주고 메모지에 다른 터미널 주소를 적어주었다. 숙소로 돌아와 코디네이터에게 전화를 해보니, 내가 갔던 곳은 내국인들만 사용할 수 있는 시외버스 터미널이라고 했다. 그러고 보니 영어 단어는 하나도 붙어 있지 않았다.

"외국인은 비아술이라고 하는 터미널로 가야 해요."

시외버스 터미널이 내외국인용이 따로 있고 외국인 관광객은 비아술로 가야 한다는 얘기를 어렴풋이 여행 가이드북에서 읽은 기억이 났다. 내가 찾은 내국인 버스 터미널은 아바나 대학 너머 국립극장 건너편에 있었다. 전에 산책을 나왔다가 우연히 보고는 여행객도 많고 규모도 커서, 나는 그곳이 비아술이라고 줄곧 착각하고 있었던 것이다.

그동안 꽤 아바나를 돌아다녀서 나는 기차역 위치도 알고 있었다. 기차도 물론 내국인만 이용할 수 있었다. 리자는 외국인 관광객은 배도 이용할 수 없다고 했다. 내일은 비아술에 가봐야 한다.

　말레콘 방파제에 앉아 다나이스에 대해 생각했다. 그녀는 1993
년생. 내가 모를 줄 알겠지만 보이지 않는 친구를 통해 벌써 신분
증 사본도 구해놓았다. 쿠바 주민등록증에는 홀로그램도 붙어 있
다. 등 뒤에서 나를 두고 한국 고자라고 수군거리지만, 보이지 않는
친구들 모두가 부실하고 호락호락한 건 아니다. 그녀는 그것도 모
른 채 아직도 자기를 18살이라고 속이고 다닌다. 아마 서른이 되어
서야 겨우 자기 나이를 22살이라며 실토하겠지.

　그녀의 생일은 12월 28일이다. 28일이면, 11월이 30일까지니 딱
한 달 남았다.

　나는 방파제에 엉덩이가 배길 때까지 앉아, 그녀의 생일이 의미
하는 바를 곰곰 생각해보았다. 항공권에 찍힌 출국일이 12월 23일
이다. 앞면에 일기를 쓰는 놈만 어떻게 혼자 보낼 방법이 없을까.
나는 여기에 남고, 내게서 그놈만 떼어 떠나보낼.

11월 29일

재미 삼아 비아술까지 걸어서 찾아갔다. 리자는 택시를 타라고
했지만, 남아도는 건 시간이고 편하게만 다니면 여행이 아니다. 나
는 아침 일찍 숙소를 나와 아바나 대학을 지나 언덕을 넘어 혁명광
장까지 갔다. 가이드북에는 혁명광장에서 비아술 방향이라며 그저
화살표 하나가 굵게 그려져 있을 뿐이었다. 인터넷이 안 되니 구글
지도를 쓸 수도 없었다. 당연히 인터넷으로 버스표를 예매할 수도
없다.

관광 지도와 주소가 적힌 메모지 한 장을 들고 길을 잃은 듯하면
행인을 붙잡고 길을 물었다. 한 여성은 빌라촌에서 혼란에 빠진 나
를 데리고 20분이나 동행을 해줬다. 햇볕은 따가웠지만 다행히 덥
지는 않았다. 가면서 아바나 혁명광장 남쪽의 주택가를 둘러볼 수
있었다. 베트남 독립 전쟁을 이끈 호치민을 기리는 공원을 보기도
했다. 호치민의 흉상이 별 모양 잔디밭 위에 서 있었다. 아바나는
세계 영웅들의 도시다. 카피톨리오 근처 공원에는 노예해방의 영
웅 링컨의 흉상도 있다.

비아술 터미널은 아바나 동물원 앞에 있었다. 처음부터 동물원
을 찾았다면 좀 편했을 텐데. 예매 창구에서 비날레스에 가는 표를
사려는데 여권을 요구했다. 여권 없이는 표도 못 사고 시외버스도
탈 수 없다. 여권을 가지러 다시 숙소로 가야 했다. 나는 비아술을
나와 동물원으로 갔다. 동물원은 겨울 시즌이라고 그짜게 폐장했
다. 실패와 실망의 연속인 게 어쩌 내 인생을 요약해놓은 하루 같
았다. 돌아올 땐 버스를 탔다.

다나이스와 레스토랑에서 맥주를 마시며 러시아 남자에게 전화
를 해봤다. 처음엔 받지 않았고 맥주를 두 캔쯤 비웠을 때 마침내
수화기를 드는 소리가 났고 남자 목소리가 들렸다.

"그날 내 동행요?"

그녀가 휴대폰을 오른손으로 바꿔 잡으며 물었다.

"저 혼자 갔는데."

"아, 네. 거짓말은 하지 말아야겠죠."

"다 봤다고 다 아는 건 아닐 텐데요."

"그런데 아저씨도 그리 떳떳한 인생은 아니지 않나요."

그녀의 뺨 색깔이 부카네로 맥주 캔 색깔만큼이나 새빨개졌다.

"네, 그렇죠. 바람직한 인생은 아니야."

러시아 남자가 몇 마디 중얼거리는 동안 그녀는 잠자코 들었다.
그리고 통화가 끝나자 조용히 백에 휴대폰을 넣고는 맥주 캔을 마
저 비웠다.

"내일 한번 보재. 혼자 나오라는데."

11월 30일

비냘레스로 가는 시외버스 왕복표 예매. 내일모레 드디어 아바나를 떠난다. 그동안 너무 오래 중심에만 있었다. 중심을 벗어난다는 건 의외로 마음의 부담이 큰 일이다. 아바나 안에서도, 카피톨리오에서 멀어지는 서쪽 말레콘을 걷는다는 사실만으로 마음이 울적해진다. 만약 강제적으로 아바나를 벗어나야 했다면 느닷없이 밀려드는 소외감과 상실감으로 우울증이 도졌을 것이다. 서울에서 오래 살다 직장을 잃는다든가 월세가 너무 오른다든가 해서 외곽으로 밀려난 사람들은, 정치적 성향에 성격까지 바뀐다. 중심에 있다는 안정감이 가져다주는 심리적 영향은 생각보다 크다.

오늘은 비아술에 버스를 타고 갔다. 호텔 콜리나 앞에 있는 작은 공원에 시내버스 정류장이 있다. 아바나의 시내버스는 버스 안에 노선도도 없고, 정류장 안내 방송도 나오지 않고, 버스 정류장에는 버스 번호를 알려주는 표지판도 없는 경우가 많다. 지극히 내국인 위주다.

나는 어제, 내가 걸어온 방향에서 반대 방향으로 가는 버스에 무조건 올라탔었다. 그리고 요행의 신이 나를 숙소 근처 호텔 콜리나로 데려다주었다. 그런 신이 이 아바나에 정말 있다면.

하마터면 약속에 늦을 뻔했다. 실은 몇 분 정도 늦었다. 약속 장
소는 말레콘이 내려다보이는 호텔의 2층 카페였다. 나는 다나이스
에게, 러시아 남자가 일행에 대해 물었으니 나는 너와 함께 갈 수
없다고 했었다. 약속 시간 반나절쯤 전에 카페의 구석진 자리에 가
앉아 있겠다고 했다. 최대한 나를 감출 테니 내가 보이지 않더라도
불안해하지 말라고 했다. 내가 원래 보이지 않는 친구라고 했다. 나
는 정말 화장실에라도 숨어 있을 생각이었다. 다나이스는 듣는 둥
마는 둥 손톱을 손질했다.

하지만 내 앞면에 일기를 쓰는 놈이 비아술로 갔고, 늑장을 부리
는 통에 약속 장소에 늦을 수밖에 없었다. 이놈을 떼어버릴 방법이
뭐 없을까. 나는 허겁지겁 호텔 2층으로 올라갔다. 층계 손잡이를
붙들고 깨금발로 경중경중 뛰어올라갔다.

카페 입구에서 카운터를 지나 모퉁이 앞에 멈췄다. 모퉁이를 돌
면 홀이었고 다나이스는 그녀의 평소 취향대로 볕이 좋은 창가에
앉아 있을 것이었다. 이제 생각을 할 차례였다. 러시아 남자의 눈에
띄지 않게 들어갈 수는 있었다. 하지만 다나이스의 눈에 띄지 않을
수는 없었다. 다나이스가 나를 알은척하지 않는다 하더라도, 남자
는 다나이스 눈동자의 미묘한 떨림을 통해 나를 눈치챌 것이었다.
더 머뭇거리지 않고 몸을 돌려 다시 층계를 내려갔다.

12월 1일

여행 짐을 싸놓고 산책을 나갔다. 벌써 12월. 이제 출국날도 얼마 남지 않았다. 쿠바에서 외국인의 여행이 내국인만큼 자유롭지 못한 이유는, 아마 쿠바가 세계에서 가장 위험한 적을 가까이 두고 있어서가 아닐까. 미국 말이다. 아바나 곳곳에 자동소총을 어깨에 멘 군인들이 서 있는 이유도 마찬가지일 것이다. 반제국주의 광장에서 콘서트가 자주 열리는데, 입장료가 없어서 좋긴 하지만 검문을 귀찮을 정도로 철저히 한다.

미국은 라틴아메리카 국가 대부분의 내정에 간섭해 친미 성향의 자유민주주의 정부를 세웠다. 그 과정은 결코 자유민주주의적이 아니었다. 쿠바는 기적적으로 미국의 손아귀에서 벗어나 자신만의 역사를 꾸릴 수 있었다. 그렇지 못했다면 이웃 나라인 아이티나 니카라과나 도미니카공화국이나 멕시코처럼 되었을 것이다. 지금쯤 마약이나 매춘, 도박 같은 미국 쓰레기 문화의 생산·유통 기지가 되었을 것이다. 지금처럼 편하고 안전하게 여행도 못 했겠지.

군인들이 있는 이유는 혹시 있을지 모를 백색테러에 대비한 것이다. 쿠바 정부와 미국으로 탈출한 부유층 망명객들과의 갈등은 유명하다. 거기에 미국의 CIA도 있고 마피아도 있다.

어제 나는 호텔 건너편 말레콘 방파제에 앉아 다나이스를 기다
렸었다. 저녁 8시가 다 되어서 그녀 혼자 현관을 걸어 나왔다. 근처
에 러시아 남자가 있을지 모른다는 생각에 소리쳐 부를 수도, 팔을
흔들 수도 없었다. 그녀는 잠깐 주위를 둘러보더니 백을 고쳐 메고
하우스가 있는 이탈리아가를 향해 걷기 시작했다. 가로등 불빛이
약해 표정은 읽을 수가 없었다. 그때 호텔 주차장에서 은색 사브가
올라와 차도로 접어들었다.

사브의 후미등이 가물가물하게 멀어지자 나는 엉덩이를 떼고 방
파제에서 내려와 다나이스를 따라 걷기 시작했다. 차도를 사이에
두고 멀찌감치 떨어져 걸으니 둘이 일행이라고 생각할 사람은 없
을 것이었다. 하우스가 가까웠을 때 나는 재빨리 차도를 건너 그녀
를 따라잡았다.

"아빠 맞아."

그녀의 눈초리가 우그러지더니, 아랫눈시울이 빨개지기 시작했
다. 그제야 비로소 이 일이 자신의 일이기도 하다는 사실을 받아들
이기 시작한 모양이었다.

"머리를 더 볶지 않아도 된대. 난 엄마를 닮아서 무슨 머리를 해
도 예쁘대."

그녀가 드디어 울기 시작했다. 어두워 더 검어 보이는 뺨에 반짝
이는 눈물방울들이 줄지어 흘러내렸다.

12월 2일

아바나를 떠나기 직전 비아술 주차장에서 낯선 버스를 봤다. 아마 아바나 시내에서 단체로 외국인 관광객들을 태우고 다니는 버스 같았다. 생긴 거나 색깔을 보니 은퇴한 스쿨버스를 개조한 버스 같았다. 버스 앞면과 옆면에 울긋불긋 구호와 그림이 가득했다. "우리의 권리를 요구한다"라는 구호가 버스 이마에 적혀 있고, 옆면에는 다섯 명의 쿠바 정치범을 석방하라는 구호와 함께 다섯 인물의 초상이 페인트로 그려져 있었다. 버스는 한 무리의 독일말을 쓰는 관광객들을 비아술 주차장에 부려놓고 떠나려는 참이었다. 나는 빠른 걸음으로 주차장을 가로질러 버스에 초점을 맞추고 셔터를 눌렀다. 그러자 버스가 멈추더니 안내원인 듯한 사람이 내려 내게 어느 나라에서 왔느냐고 물었다. 남한에서 왔다고 하자 그는 마음껏 사진을 찍으라며 한 발짝 비켜섰다.

나는 버스를 빙 둘러가며 사진을 찍었다. 내가 고맙다고 하자 그는 버스에 올라탔고 버스는 주차장을 떠났다. 어쩌면 그 다섯 쿠바인은 세계의 중심, 미국에서 스스로 튕겨 나온 벌을 받고 있는지도 모른다는 생각을 했다. 하지만 미국에 복종했다면 훨씬 더 많은 쿠바인이 고통 속에서 살았을 수도 있다. 버스는 9시에 출발해서 비냘레스에 2시 조금 못 돼 도착했다. 나는 이제 중심에서 얼마나 멀리 떠내려온 걸까.

아바나를 떠나지 않으려고 어떻게든 저항을 해봤지만 결국 실패했다. 내가 완강히 버티자 그는 구시렁대면서 시간을 확인하더니 5분만 더 자지 뭐, 하고 다시 침대에 드러누웠다. 누군가 아침에 일어나기 싫어 잠자리에서 뭉갠다면, 그의 또 다른 영혼이 기상을 거부하고 있기 때문이다. 하지만 30분 뒤에 다시 알람이 울렸고 나는 빨대로 영혼이 빨리는 것처럼 놈을 따라 침대에서 일어날 수밖에 없었다. 비아술 주차장에서 정치범 석방을 요구하는 캠페인 버스를 만났다. 내 영혼도 좀 석방해주지그래.

12월 3일

비냘레스는 번듯한 건물 하나 없는 작은 시골 마을의 외관을 하고 있다. 관광지로 이름이 나 현지인보다 외국인이 더 많이 거리를 돌아다니고, 가정집보다 숙박업소가 더 눈에 많이 띈다. 숙박업소는 가정집을 개조한 곳들이 대부분이다. 마을 중앙을 가로지르는 큰길의 끝까지 가야, 비로소 현지인들이 대부분인 주거지가 나타난다.

비는 그쳤지만 날은 완전히 개지 않아서, 습기 많고 우중충한 열대의 자연 속을 찌뿌듯한 마음으로 돌아다녔다. 선사시대 인류를 표현했다는 거대한 암벽 벽화를 보고, 인디오 동굴에 갔다. 암벽 벽화는 관광객들의 눈길을 끌려고 피델 카스트로가 그리라고 했단다. 미국의 경제봉쇄가 한창일 때, 쿠바는 이렇게 해서라도 외화를 벌어들여야 했다. 인디오 동굴은 강물이 석회암을 녹이며 산 밑으로 창자처럼 기다란 동굴을 뚫어놓은 곳이다. 돌고드름들이, 쏟아지다 말고 얼어붙은 폭우인 양 천장에 매달려 있었다. 얼마나 긴지 모터보트를 타고 20분은 창자 속 강물 위를 달린 것 같다.

쿠바는 식생 같은 자연환경이 한국과 크게 다르다. 몇 년 전 중국 북경에 놀러 갔다가 나무며 풀이며 꽃이며 산의 생김새가 한국에서 보던 것과 똑같아서 실망했던 기억이 났다. 비냘레스는 그런 면에서 내겐 완전한 신세계다. 콜럼버스가 어째서 쿠바를 카리브해의 진주라고 했는지 백번 이해하고도 남는다.

놈을 침대에 묶어놓으면 내가 좀 자유로워질까. 나는 아침에 알람이 울리자마자 놈의 두 팔을 침대에 꼼짝 못 하게 눌러보았다. 놈은 신음을 내뱉으며 체력이 방전이 됐나 봐, 하고 저항을 포기하고 도로 자리에 누워 잠이 들어버렸다. 내가 깨어났을 때, 놈은 벌써 욕실에서 콧노래를 흥얼거리며 샤워를 하고 있었다.

그러고 보니 놈이 정신을 놓고 있을 때, 멍해져 있을 때는 좀 운신의 자유가 있는 듯하다. 놈이 더위에 정신을 못 차릴 때 슬쩍 미라마르의 러시아 공관에도 다녀오고 그랬으니까. 하지만 놈의 정신이 맑을 때, 나는 놈의 시야를 벗어나지 못한다. 내가 자유로울 때는 놈이 깨어 있으면서 동시에 멍청하게 머릿속을 비워놓고 있을 때다.

내가 미친다. 내 인생에서 이 빌어먹을 놈을 떼어버릴 확실한 방법을 찾아야 한다.

12월 4일

정말로 요행의 신이란 것이 있는가 보다. 전에는 비아술 앞에서 아무 버스나 탔는데도 숙소 근처에서 내렸고, 오늘은 우연히 네덜란드 관광객들을 따라나섰다가 쿠바 시골길을 하이킹하는 소중한 경험을 했다. 비날레스의 하이킹 코스는 한국어 가이드북에는 나와 있지 않아, 모르고 지나치는 실수를 할 뻔했다.

숙박업소들이 몰려 있는 큰길에서 옆으로 빠져 한참 들어가면 말 그대로 농사를 짓는 농촌이 나온다. 말들이 언덕에 흩어져 풀을 뜯고 소들이 수레를 끌고 닭들이 마당을 돌아다니며 벌레를 잡아먹는다. 바나나 나무가 길가에 늘어서 있고 담배를 재배하는 밭이 지평선 끝까지 펼쳐져 있다. 쿠바 시가를 만드는 담뱃잎들을 생산하는 곳이다. 하늘까지 맑게 개어 풍경 전체가 눈앞으로 튀어나오는 듯한 느낌이다. 이런 곳이 세상에 있으리라곤 비날레스의 농촌에 오기 전에는 생각도 못 해봤다.

담배 재배 농가에서 멕시코 모자를 쓴 한 할아버지가 나를 불렀다. 그러고는 입에 물고 있던 시가를 빼 건네주며 어디에서 왔느냐고 물었다. 나는 남한에서 왔다고 했고 담배는 안 피운다고 했다. 할아버지는 이름이 리키라고 했다. 그와 악수를 했다. 그는 크고 거친 손을 가지고 있었다.

아바나행 버스 시간이 가까워 다시 큰길로 돌아왔다. 요행의 신은 왜 지금까지 나를 외면하다가, 쿠바를 떠날 때가 되니까 나타나 도와주는지…….

놈의 시야는 마치 보이지 않는 감옥에 둘러쳐진 끔찍한 담장 같아서, 시야를 벗어나 한 발짝만 내디뎌도 나는 빨대로 빨리는 것처럼 놈에게 되돌아간다. 나는 놈의 시야가 미치는 한에서만 자유로울 수 있다. 놈의 눈이 내겐 감옥인 것이다. 그리고 놈이 눈에 보이는 것만 믿는 한, 눈은 그 자신에게도 감옥이다.

놈을 죽여서라도 리키 할아버지처럼 자유롭고 싶다.

12월 5일

말레콘에 나와 산책하니 역시 기분이 좋다. 날은 덥지 않고 바람은 상쾌하다. 한국 날씨로 치면 여기도 겨울이지만 긴팔 셔츠를 입은 행인은 없다. 오늘은 징글벨을 들었다. 점심 도시락을 싣고 다니는 행상의 자전거에서 나는 오르골 연주 소리였다. 페달을 밟을 때마다 징글벨 멜로디가 골목에 울려 퍼졌다. 벌써부터 크리스마스 분위기를 내고 있다.

사회주의라고는 하지만 종교가 허용되는지 동네에 성당이 없는 곳이 없고 주일마다 예배도 본다. 러시아정교 예배당도 있다. 하지만 역시 현대는 신을 잃은 시대다. 주일에 예배를 구경하러 들어가 보면 학교 운동장만 한 예배당에 겨우 열두어 명 앉아 신부의 설교를 듣고 있다.

오늘은 이탈리아가의 어느 지하상가에서 인스턴트커피를 발견하고 사 왔다. 아바나에 있는 동안 인스턴트커피를 파는 곳은 처음 봤다. 아바나에서는 원두커피만 마시는 줄 알았다. 늦었지만, 이제 카페에 가기 애매한 시간에도 집에서 커피를 마실 수 있게 되었다.

지하상가에서 나오면서 이상한 사람을 봤다. 보기 드문 긴팔 와이셔츠를 걸친, 얼굴이 벌건 백인 남성이었다. 커다란 배가 셔츠 안에서 쉴 새 없이 출렁였다. 그 사람은 나와 몇 번 눈을 맞추더니 한 100미터쯤 나를 뒤따라왔다.

"아주 어렸을 때 날 본 적이 있대."

다나이스가 말했다. 그녀가 태어날 때쯤 해서 러시아 남자는 러시아와 쿠바를 오가고, 아바나와 관타나모를 오가는 바쁜 인생을 살고 있었다. 무슨 일을 했는지는 물어보지 않았다고 했다.

"엄마가 주방에서 닭똥집을 볶다가 자기한테 뜨거운 프라이팬을 집어 던진 적이 있었는데 그때 닭똥집 하나가 거실에 있던 나한테까지 튀었다는 거야."

먹어본 적은 없지만 아바나에는 닭똥집으로 만든 요리도 있었다. 마트에 가면 한국에서 수입된 냉동 닭똥집을 판다. 그녀는 셔츠를 끌어 올려 섹시하게 꿈틀거리는 황금빛이 도는 초콜릿색 옆구리를 보여줬다. 어렸을 때 엄지손가락 끝마디만 한 흉터가 있었다고 했다.

"닭똥집이 원래 탄력이 좋잖아."

"아무튼 아직도 그때의 일이 부끄럽다고 했어. 남자가 되어가지고 여자가 프라이팬이나 던지게 했다고 말이야."

"그리고?"

"응, 내 생일이 12월 28일이라고 했더니, 자기는 그 전에 러시아로 돌아가게 될 거래. 그것도 미안하대. 자꾸 미안하대지 뭐야."

176

12월 6일

    아바나 항구에 중국 군함이 정박해 있었다. 사진에서만 보던 함포가 달린 하얀색 군함이 중국 국기를 펄럭이며 도로 쪽에 바싹 붙어 있었다. 군함 위에서는 흰 해군복을 입은 중국인들이 바쁘게 오가고 있었다. 중국과 러시아는 쿠바가 미국과 한창 사이가 나쁠 때 우방의 역할을 해준 나라들이었다. 군함으로 올라가는 임시 가교 앞을 쿠바 경찰 둘이 지키고 서 있었다. 안내판을 보니 이번 주 수요일에 군함을 아바나 시민들에게 개방하는 행사가 있는 모양이었다. 수요일이면 나는 체 게바라의 묘지가 있는 산타클라라에 가 있을 것이다.

    군함 너머 푸른색의 바다가 펼쳐져 있었다. 이곳의 겨울 바다 색은 강철의 푸른색이다. 여전히 하루에도 수십 번 색을 갈아입는 바다지만 대체로 강철처럼 냉랭하고 육중한, 흘러 다니는 금속성의 밀도가 느껴진다.

오늘은 하루 종일 앞면에 일기를 쓰는 놈과 붙어 다녔다. 거의 한순간도 눈을 떼지 않고 따라다니며 놈의 주변을 살폈다. 어제 다 나이스가 이상한 말을 했기 때문이다. 하우스의 백인 돼지가, 낚시 조끼를 걸치고 카메라를 들고 다니는 말레콘의 동양인에 대해 물 어봤다는 얘기였다.

지난 10월부터 나타났고, 물 빠진 카고 반바지에 얼굴이 시커멓 게 탄 치노.

하우스의 백인 돼지가 앞면에 일기를 쓰는 놈을 알아본 것이 틀 림없었다. 확신까지는 아니더라도 뭔가 눈치를 챈 게 분명했다. 물 빠진 카고 반바지는 원래는 새것이었지만 땡볕에 두 달을 입고 다 니니 다 헤지고 색이 바래, 아바나의 가난한 낚시꾼들이나 입는 옷 처럼 변해 있었다. 백인 돼지 자체는 별로 위험 요소가 아니다. 문 제는 돼지 눈에 무언가 보이기 시작했다는 점이다.

성난 백인 돼지가 꿀꿀거리며 앞면의 놈에게 달려드는 상상을 했다. 놈은 제때 도망도 못 칠 것이다. 아직 놈에게 따라붙은 수상 한 눈은 없다. 놈은 천진난만한 얼굴로 이탈리아가에서 네슬레 인 스턴트커피를 사 들고 왔다. 놈은 정말 이탈리아가에 뭐가 있는지 모르는 걸까.

12월 7일

비아술에 가 산타클라라 왕복표를 예매했다. 지난주에 비냘레스에 가보고 나서 어째서 좀 더 일찍 쿠바의 지방 도시를 다니지 않았는지 후회하고 있다. 이제는 여행 경비도 떨어져가고 일정도 며칠 남아 있지 않아서 아쉬움이 더 크다.

저녁에는 기분을 내기 위해 라 플로리디타를 찾았다. 오비스포 거리 입구에 있는 술집이다. 요행의 신이 진짜로 있는지 오늘도 도움을 받은 기분이다. 경비원이 지키고 서서 줄을 세울 정도로 평소에 손님이 많은 라 플로리디타에 10분도 기다리지 않고 입장할 수 있었다. 나는 헤밍웨이의 황동 흉상이 마주 보이는 바에 자리를 잡았다. 이 술집은 어니스트 헤밍웨이가 암보스문도스 호텔에 묵으며《누구를 위하여 종을 울리나》를 쓸 때 저녁에 내려와 술을 마셨다는 곳이다. 암보스문도스 호텔과 걸어서 15분 거리다. 그때는 아직 혁명이 일어나지 않았고, 놀기 좋아하는 부패한 독재자가 쿠바를 지배하고 있었다. 오비스포 거리는 카바레와 카지노와 술집으로 지금보다 훨씬 흥청망청했을 것이다.

라 플로리디타에서 4인조 밴드가 연주하는 라틴 재즈를 들으며 다이키리를 홀짝이다가 거리로 나왔다. 오비스포 거리는 9시면 외국인만 조금 다닐 정도로 한산해진다. 지금은 카바레도 없고, 카지노도 없고, 매춘 업소도 없다. 라 플로리디타 정도의 작은 술집들만 거리 전체에 흩어져 있다.

보이지 않는 친구들은 위험이 가까이 왔을 때, 위험의 게걸스러운 아가리에서 흘러내리는 침에서 나는 불길한 냄새를 맡을 수 있다. 오늘 저녁 오비스포 거리에서 나와 말레콘을 지날 때, 하우스 현관의 어둠 속에서 헐떡이는 흰 이빨들을 본 기분이 들었다. 차도 건너편이고 어두웠지만 무언가 틀림없이 봤다.

하우스가 시야에서 멀어질 때까지 현관을 지켜봤지만 사람이 들어오거나 나오지는 않았다. 백인 돼지도 나타나지 않았다.

"백인 마스터가 앞면에 일기를 쓰는 놈을 눈치챈 것 같다고?"

보이지 않는 친구가 웬일로 밤까지 낚싯대를 거두지 않고 있었다.

"그리고 앞면에 일기를 쓰는 놈은 우리를 눈치챈 것 같고? 요행의 신까지 알고 있다고?"

나와 보이지 않는 친구는 동시에 입을 다물었다. 생각이란 걸 할 시간이 필요했다.

"다들 쫓고 쫓기는 처지가 됐네. 앞면에 일기 쓰는 놈은 우리를 쫓고, 포주 놈은 앞면에 일기를 쓰는 놈을 쫓고. 원래 서로들 안 보여야 하는 거 아냐? 어쩌다 서로를 알아보게 된 거야?"

나는 포주 따위가 감히, 하고 헛웃음을 웃었지만 아직 말하지 않은 한 놈이 더 있었다. 다나이스의 러시아 남자로, 그놈도 나를 보기 시작한 것 같았다.

12월 8일

오늘은 아바나 만 건너 모로 성에 갔다. 부슬비가 오후 내내 오다 말다 했다. 나는 모로 성 옛 성문 아래 서 있다가 비가 그치면 나와서 구경을 하고, 비가 내리면 성으로 들어와 비를 피했다. 비가 그칠 때마다 무지개가 해안을 따라 옅게나마 모습을 드러냈다. 무지개의 반쪽은 성벽에 가려 보이지 않았다. 나는 카메라를 켜고 무지개를 쫓아 성문 아래를 잰걸음으로 오갔다. 그러다 구름이 몰려오고 다시 부슬비가 내리면 무지개는 사라졌다.

나는 성안의 카페에서 맥주를 홀짝이며 18세기에는 대포가 놓였을 둥그런 창으로 밖을 살폈다. 창으로는 점차 어두워져가는 은빛의 하늘만 보였다. 아바나 시내의 전경이 한눈에 보이는 이 모로 성은, 대포가 전쟁 무기의 첨단이었던 시대에는 거의 완벽한 방어기지였다고 한다. 성벽과 해안, 도로에까지 200년째 녹슬어가는 대포들이 붉은 바윗덩이처럼 널려 있었다.

날이 많이 어둡고 빗발이 굵어져서 버스를 타고 아바나로 돌아왔다.

　다나이스는 아버지를 만나고 오더니 갑자기 나이를 두어 살 더
먹은 아이처럼 행동했다. 떨리던 눈빛도 좀 차분해진 듯했고, 나만
보면 빈 지갑을 열어 보이며 노 머니, 하던 것도 사라졌다. 억양도
어느 정도 고르게 변해 목소리가 한결 듣기 편해졌다. 물론 아버지
와의 만남 때문이 아닐 수도 있고, 일시적인 변화일 수도 있고, 내
착각일 수도 있었다.
　"아이디카드에는 삼촌 이름이 적혀 있다고 했지."
　다나이스가 말했다. 쿠바 신분증에는 아버지와 어머니 이름도
적게 되어 있는데, 러시아 국적의 남자를 올릴 수 없어 삼촌 이름
을 올렸다고 했다. 나는 고개를 끄덕였다.
　"알고 있었어? 알고 있었다고?"
　그녀가 눈을 똥그랗게 뜨고는 물었다.
　"뭔가 이상한데. 네가 어떻게 내 신분증에 대해 알고 있지?"
　나는 얼른 네가 언젠가 신분증을 보여줬는데 기억이 안 나느냐
고 물었다. 그러고는 나와 모로 성에 놀러 가지 않겠느냐고 묻고
맥주를 더 시키고 그녀가 얼마나 어른스러워졌는지 말해줬다. 그
녀는 여전히 의심스러운 얼굴로 나를 바라봤지만 자기가 신분증을
보여준 적이 있는지는 자신도 모르겠는 모양이었다.

12월 9일

산타클라라에 왔다. 이곳은 체 게바라의 도시다. 터미널 벽에 산타클라라를 그린 벽화가 있는데, 도시의 맑은 하늘을 흰 구름과 함께 덮고 있는 것이 게바라의 얼굴이다. 게바라의 유해가 안치된 멋진 체 게바라 기념관도 있다. 실은 도시 전체가 게바라의 거대한 기념관이다. 화폐, 화랑, 기념품 가게, 티셔츠, 길거리의 벽화 할 것 없이 게바라의 초상이 없는 곳이 없다.

터미널에서 숙소가 있는 다운타운까지 마차를 타고 갔다. 쿠바에는 생전 처음 보는 것들이 허다한데, 오늘은 마차를 끄는 말이 똥을 누는 광경을 보고 말았다. 말은 달리면서 똥을 누고 오줌을 눈다. 그래서 자전거에 달린 흙받기처럼 말의 허벅지에 넓은 천을 매달아, 똥과 오줌이 마차 안으로 튀어 들어오는 것을 막는다.

다나이스의 고향도 이런 풍경이었을 것이다. 그녀의 어머니는 담배 농사를 짓는 시골 처녀이고, 거리엔 차보다는 마차와 소달구지가 더 많이 달린다. 겨우 굴러갈 듯싶은 버스가 어쩌다 지나간다. 마을의 가장 큰 건물은 돌로 지은 성당이다. 마을 중심에는 어김없이 공원이나 광장이 있고, 이곳의 비달 공원처럼 물이 새는 장화를 든 소년의 동상이나 호세 마르티의 조각이 설치되어 있다. 당연히 와이파이는 안 되고, 레스토랑 화장실 변기에는 뚜껑도 시트도 없다. 케이크와 과자는 뭘 사 먹어도 똑같은 맛이고, 거리에는 개똥이 지뢰처럼 널려 있다.

진심으로 매력적이다. 무슨 목적이었든 러시아 남자가 쿠바에 와서 애까지 낳을 만큼 홀딱 반한 것도 무리가 아니다. 어떻게 생긴 놈일까. 다나이스는 그가 은발에, 늙었고, 백인치고는 그렇게 크지 않고, 그냥 아빠처럼 생겼다고 했다. 그냥 아빠…….

12월 10일

오늘은 새벽부터 일어나 마을의 중심인 비달 공원에 나갔다. 공원을 빙 둘러가며 호텔과 영화관과 관청과 쇼핑가와 버스 정류장이 자리를 잡고 있다. 신기하게도 이런 시골에 아침 5시 반에 버스가 다녔고 승객들도 적지 않았다. 공원 주변에 유일하게 불을 켠 곳이 카페였다. 직원이 청소하는 틈틈이 커피를 내려 출근길의 피곤한 손님들에게 팔았다. 나도 사 마셨다. 우리 돈으로 70원이었다.

새벽의 비달 공원에는 사람 대신 새 떼만 가득했다. 재잘거리는 새소리가 환청처럼 온 공원에 가득한데 새는 보이지 않았다. 고개를 들고 몇 분이나 검푸른 하늘을 올려다본 끝에, 공원 조경수의 검은 그늘에 이파리만 있는 게 아니라는 사실을 깨달았다. 그 많은 조경수들에, 그 많은 이파리만큼이나 수많은 열대의 새들이 가지마다 빼곡히 앉아 울고 있었다. 6시가 넘자 하늘은 더 파래졌고, 이제 새들이 더 잘 보였다. 공원 전체에 못해도 수천 마리는 앉아 있지 않았을까. 그리고 사람들이 나타나기 시작하자 새들이 폭풍처럼 한꺼번에 하늘로 날아올랐다.

저녁이 될 때까지 마을을 천천히 돌아보았다. 1958년 혁명군이 아바나를 점령하기 직전 군 수송 열차를 탈취한 작전의 성공을 기리는 기념물들도 봤다. 당시의 전장을 그 자리에 재현해놓았다. 이 전투로 혁명은 성공을 거둘 수 있었다.

　나는 다나이스에게 짐짓 아버지를 의심해서는 안 된다고 말하면서, 계속 러시아 남자에 대해 캐물었다. 늙고, 보통 체격에, 보통 아빠처럼 생겼다는 말은 그가 실은 남의 이목을 끌지 않도록 위장한 것일 수도 있다는 말이기도 했다. 어떤 아빠도 자신이 보통 아빠처럼 보이길 원하지는 않는다.

　그녀는 러시아 남자에게 당신이 다른 아버지들처럼 가정에 남아 있었다면 고향 산티아고를 떠나오지 않았을 것이라고 말했다고 했다. 그러면서 집에 텔레비전도 없었다고 말했다고 그녀는 분개한 얼굴로 전했다. 고등학교밖엔 나오지 못한 자기 얘기를 들려줬다고 말하면서 갈수록 거칠게 숨을 내쉬었다. 그녀는 참 이상한 게, 그런 얘기를 하자 비로소 그 남자가 미워지더라고 했다. 그제야 비로소 그를 증오하고 있었다는 사실을 깨달았다고 했다.

　그녀는 러시아 남자의 직업을 의심했다. 입으로는 수입상이라는데, 그의 연락처는 20년 전이나 지금이나 아바나의 러시아 공관인 것이다. 엄마는 그가 러시아 외교관이라고 했고, 얼마 전 다시 물어봤을 때는 외교관의 경호원이었을 수도 있다고 했다.

　그녀는 러시아 남자의 모든 걸 의심했다. 그러면서 나의 모든 것도 실은 신뢰가 가지 않는다고 잘라 말했다. 남자들이 미워진 것이다.

12월 11일

산타클라라는 마을은 전체가 커다랗고 아름다운 정원처럼 꾸며
져 있다. 나무와 집과 풀과 공원과 광장과 기념물이 자연스럽고 소
박한 앙상블을 이루고 있다. 호텔 같은 현대식 빌딩조차 적당히 후
지고 낡아서, 마을 분위기에 잘 녹아든다. 전쟁이라는 참혹한 경험
이 산타클라라를 더욱 아름답고 평화로운 인상의 마을로 이끌었는
지도 모른다.

아바나로 돌아오는 버스 안에서 줄곧 다나이스 생각을 했다. 그녀는 산티아고의 엄마한테 아버지를 만났다고 전화했다고 했다. 인상착의를 설명하고, 말투를 확인하고, 러시아 남자가 털어놓은 사연을 엄마의 사연과 맞춰봤다. 엄마는 웬일로 아빠를 찾았느냐며, 그녀에게 좋지 않은 일이 생겼을까 봐 걱정을 했다. 그녀는 엄마에게 속이는 것이 많았다. 아바나에서 합법적인 일자리를 찾지 못하고, 경찰의 눈을 늘 신경 써야 하는 생활을 하고 있었던 것이다. 아바나에도 그녀를 위한 일자리는 많지 않았다. 그래서 하우스에 들어온 것인데, 이 일마저 벌이가 변변치 않았다. 빈민들의 신인 요행의 신까지 자신을 저버렸다고 믿을 만한 근거가 그녀 인생엔 충분했다.

러시아 남자는 다나이스의 직업을 궁금해했다. 그도 그녀가 그를 못 미더워하는 만큼이나 그녀를 못 미더워하는 눈치였다. 그녀는 헌책 중개인을 한다고 거짓말을 했다.

"헌책 중개인. 그런 거 몰라?"

헌책 중개인은 아바나의 민박집과 호텔을 돌아다니며 외국인 투숙객들이 가져와 읽다가 버리고 간 외서들을 수집해, 아르마스 광장의 헌책 노점들에 되파는 직업이라고 했다. 아르마스 광장에 나가보면 영어나 프랑스어, 중국어나 러시아어로 된 헌책들이 많이 나와 있다.

12월 12일

말레콘을 산책하고 숙소인 아파트로 돌아오는데 이상한 일이 있었다. 아직 해가 쨍쨍한 대낮이었다. 아파트 바깥 출입문을 열고 들어오는데 등 뒤에서 인기척이 났다. 돌아보니 웬 자주색 줄무늬 반팔 티셔츠를 입은 흑인이 따라 들어와 있었다.

나와 눈이 마주치자 그는 걸음을 멈추고 잠깐 머뭇거리더니, 계단을 오르기 시작한 내게 출입문을 잘 닫고 다니지 그러냐고 잔소리를 했다. 아파트 현관은 입주민들이 열쇠로 열고 다니게 되어 있고, 문을 닫으면 저절로 자물쇠가 잠기게 되어 있었다. 열쇠가 없으면 누군가 열어줄 때까지 기다려야 했다.

숙소는 아파트 3층에 있었다. 계단을 오르는데 아래층에서 발소리가 나 돌아보니 흑인도 계단을 오르고 있었다. 내가 3층 복도에 들어서자 그가 걸음을 빨리하는 것이 느껴졌다. 나는 복도 끝 숙소에 이를 때까지 잰걸음으로 뛰다시피 했다. 열쇠 구멍에 열쇠를 꽂으며 돌아보니 흑인이 겨우 대여섯 발짝 앞까지 와 있었다. 나는 얼른 현관문을 열고 들어가 소리가 나도록 닫았다.

그러곤 돌아서 숨을 멈춘 채 현관문에 달려 복도를 내다볼 수 있는 작은 황동 창문을 열었다. 도어 뷰어가 찰칵 소리를 내자 갑자기 검은 얼굴이 나타났다가 사라졌다. 아주 짧은 순간의 일이었다. 카메라를 또 잃어버릴 뻔했다. 아니, 그보다 더한 것을 잃을 수도 있었다.

갑작스럽게, 예상하지 못한 방식으로 일이 일어났기에 나도 당황했다. 하우스의 백인 돼지만 생각했지 흑인을 경계 대상에서 제쳐놓은 내 실수였다. 흑인이 몇 발짝만 빨랐어도 이 일은 골치 아픈 사건이 되었을 것이다. 흑인은 어쩌면 단순 강도였을 수도 있다. 베다도 지역에서는 보기 힘든 동양인이 두 달 반이나 같은 아파트를 드나들었으니 동네 건달의 눈길을 끌었을 수도 있다. 하지만 백인 돼지가 보낸 놈일 수도 있다. 내일 돼지를 찾아가볼 생각이다. 걱정이 되는 건 흑인이 러시아 남자가 보낸 놈일 경우다.

12월 13일

점점한 기분이 가시지 않아 오늘은 하루 종일 숙소에만 있었다. 강도를 맞을 뻔했다고 경찰에 신고하고 법석을 떨 수도 있었지만 피해 사실이 없었고 무엇보다 에스파냐어를 할 줄 몰랐다. 리자를 불러낼 수도 있지만 그녀는 나보다 10배는 더 바쁜 사람이었다. 흑인은 어쩌면 층을 잘못 찾은 입주민이거나, 동양인과 이야기를 나누어보고 싶었던 외로운 이웃이었는지도 모른다.

어쨌든 숙소에서 빈둥거리며 텔레비전을 봤다. 채널이 7개나 되는데 공영방송뿐인지 볼만한 프로그램이 없었다. 날씨가 좋아 전파는 잘 잡혔다. 그저께 산타클라라에서 돌아오며 사 온 케이크를 마저 먹어치웠다. 아바나엔 생크림 케이크가 없었다. 생크림 대신 한국에서 어렸을 때 먹던 버터크림을 쓰는 모양인데, 냉장고에 이삼일만 두면 점성이 높아져 풀처럼 찐득찐득해지고 껌 씹는 기분이 든다. 하지만 달기는 엄청 달아서, 다른 군것질거리를 찾지 못한 나는 벌써 여러 판을 사 먹었다. 제과점 케이크도 갖가지 생김새와 색깔을 하고 있었지만 맛은 한 가지였다. 초콜릿 케이크든 레몬 케이크이든 바닐라 케이크든 설탕 맛 하나였다.

오후 늦게 정전이 되어 깜깜한 상태에서 새 장편소설의 도입부를 썼다. 노트북 배터리가 첫 한 문단을 마무리할 때까지 버텨주었다. 정전은 아바나에서 흔히 있는 일이다. 특히 에어컨을 많이 쓰는 오후에 빈번히 일어난다.

　내 앞면에서 글을 쓰는 놈이 겁을 먹는 바람에 내 발까지 묶여버렸다. 소파에서 빈둥거리며 텔레비전 채널을 돌리고 케이크를 먹었다. 껌처럼 진득진득해진 크림을 씹다 보니 무라카미 하루키의 소설이 생각났다. 저번에도 말했듯이 하루키의 소설에는 아바나 사람들과 같은 가난뱅이가 등장하지 않는다. 아바나의 가난한 독자들에게 하루키의 소설을 읽히면 어떤 반응이 나올까.

　1990년대 한국의 내 또래 독자들은 하루키 소설에 등장하는 음식과 음악 얘기에 홀딱 반했었다. 얼마나 열광적으로 반응했는지 하루키 소설에 나오는 음악을 가지고 음악 CD도 만들고, 하루키 소설에 나오는 음식의 조리법을 가지고 요리책을 만들기도 했다. 무엇을 먹고 무엇을 즐기느냐는 그 사람의 계급을 보여준다. 취향은 계급적 함의를 담고 있는 것이다. 도쿄 도심에 빌딩을 10채 가지고 있는 인물이 인스턴트라면을 끓여 먹는 설정은 의도적인 것이 아니라면 상당히 부자연스럽다. 클립쉬 스피커를 가지고 유니슨리서치 진공관 앰프로 음악을 듣는 사람이 아무로 나미에의 신나는 댄스 음반을 수집한다는 것도 영 격에 맞지 않다. 어느 날 아침, 문득 기분 전환을 위해 스위스로 날아가 리하르트 슈트라우스의 교향곡을 라이브로 듣고 오는 것이 더 자연스럽다.

　1990년대의 하루키에게는, 등장인물의 음식과 음악 취향을 가지고 그 인물에 성격을 부여하는 특기가 있었다. 다른 작가들도 그렇긴 하지만 하루키는 유별난 데가 있었고 지금도 그렇다. 그는 인물이 뭘 먹고 어떻게 먹느냐 하는 묘사만으로도 그 인물을 정확하고 생생하게 표현할 수 있었다. 바그너 음악을 누가 연주하고 어떤 음반사에서 나왔는지 하는 설명만으로 그 음반을 소장한 한 인물을 살아 움직이게 할 수 있었다. 그리고 하루키 인물들의 그런 취향은 가난뱅이의 소비문화가 아닌 일본 중상류층 이상의 소비문화였다. 하루키는 가난뱅이들은 따라잡을 수 없는 일본 중상류층의 소비문화를 아무런 계급적 거리낌 없이 소설 속에 묘사했다. 자신의 풍족한 용돈이 누구 주머니를 털어 나왔을까 하는 의문이나, 이렇게까지 잘 먹고 잘 즐겨도 되나 하는 미안한 감정 한 점 없이, 부자들의 소비 행태를 요란하지 않게 소설로 표현했다. 그가 그토록 자연스럽게 그럴 수 있었던 것은 그가 그렇게 살았기 때문이었을 것이다. 그리고 일본 사회가, 부자에게 죄의식을 요구하지 않는 우익 사상이 지배하는 사회라는 점도 작용했을 것이다.

1990년대 한국 독자들은, 하루키 소설의 등장인물들보다 경제적으로 훨씬 못 살았다. 물론 지금도 못 살긴 하지만 그때는 훨씬 더 못 살았다. 하루키의 인물들만 한 섬세한 미각과 까다로운 청각을 가지려면 많은 돈과 시간이 필요한데, 한국 독자들에겐 겨우 책 사볼 여유밖엔 없었다. 그러니, 하루키 소설의 인물들이 먹고 마시고 듣고 보는 일본의 중상류층 이상의 계급이 즐기는 소비문화가 더할 나위 없이 매력적으로 느껴졌을 것이다. 당연히 선망의 대상이 되었고, 한국 독자들은 그의 소설을 통해 일본 중상류층의 세련되고 우아한 소비문화를 체험하고 대리만족했다. 일본이 아주 가까운 이웃 나라라는 점도 자극 요인이었을 것이다.

이제 한국인들도 하루키 소설 속의 멋진 와인과 유럽에서 건너온 음식과 희귀 음반을 어느 정도는 쉽게 구하고 소비할 수 있게 됐다. 들리는 소문에 의하면, 이제는 중국에서 하루키의 소설이 그렇게 잘 팔린다고 한다. 지금 중국 저소득층의 소비문화가 아마 한국의 1990년대 정도의 소비문화이지 않을까. 그리고 중국의 저소득층이 또 지금의 한국만큼 살게 되면, 다음 차례로 베트남과 캄보디아 같은 나라에서 하루키의 소설이 팔려나갈 것이다. 하루키의 소설은 가난한 나라마다 찾아다니며 황홀한 소비의 꿈을 파는 유행과 같다.

언젠가 미국의 경제봉쇄가 완전히 풀리고 쿠바가 자본주의 시장경제를 대폭 받아들이면, 쿠바에서도 하루키의 소설이 베스트셀러가 될지 모른다. 다나이스도 하루키 소설을 구해 읽으며 선망이 가득 담긴 한숨을 쉴지 모른다. 아니, 라틴아메리카와 극동아시아라는 문화적 거리를 넘지 못하고 그냥저냥 팔리는 소설이 될 수도 있다. 어쨌든 그때쯤이면 하루키도 은퇴할 나이가 되겠지만.

졸다 깨다 하며 하루를 보내다가 선선한 저녁이 되어 발코니로 나왔다. 하늘은 벌써 어두워져 있었다. 거리에서 이상한 낌새는 느껴지지 않았다. 지옥에도 별이 있을까. 어지러운 마음에 그런 생각이 들었다.

12월 14일

    오늘은 해저터널을 건너 카바냐 요새로 갔다. 요새 근처 군부대 병영에서 8431번 버스를 봤다. 한국에서 팔려 온 중고 버스인 듯, 사당동에서 삼성역을 거치는 옛 노선 안내판을 달고 있었다. 카바냐 요새의 성벽 끝자락에는 키가 20미터나 되는 거대한 예수상도 있다. 아바나에서 먼빛으로 보며 늘 궁금했던 예수상이다. 놀랍게도 새하얀 예수상의 어깨와 이마엔 새똥의 흔적이 전혀 없다. 《천로역정》에서 어렸을 때 읽었던 어떤 성자처럼. 성자를 모욕하기 위해 사람들은 오물을 집어 던지지만 성자가 걸친 흰옷은 더러워지지 않는다. 예수상 옆에는 체 게바라 박물관이 있다. 실은 아바나 전체가 게바라를 기리는 박물관이다. 그리고 마천루가 거의 없는 아바나에서 가장 웅장한 건물들은 대개 성당들이다.

    이곳에서 게바라는 역사의 영웅이고, 예수는 영혼의 영웅이다. 물론 현대는 영웅들이 그리 대접받는 곳이 아니다. 영웅들은 세속화되어 돈벌이의 수단이 되거나, 찾는 사람 없이 쓸쓸하게 버려지기도 한다. 현대의 개인주의자들에게 진정한 영웅은 무엇보다 자기 자신이기 때문이다. 아바나도 예외가 아니다.

다나이스에게 네 생일 선물을 미리 주고 싶다고 했다. 그녀는 입술을 샐쭉거리더니, 자기가 선물 따위에 마음을 뺏길 여자처럼 보이느냐고 물었다.

"왜, 남한에 가면 자지가 설 줄 알아?"

그녀가 눈을 치켜뜨고 날 노려보더니, 금세 처음 만나는 사람을 대하듯이 무표정한 얼굴로 돌아갔다. 내가 지금도 고자 아닌지 시험해보고 싶다고 하자, 그녀는 나를 하우스로 데려갔다. 그녀는 홀러덩 셔츠와 미니스커트를 벗어버리더니 화장실로 들어가 나를 불렀다. 같이 샤워를 하고 침대에 누웠지만 당연히 잘 안 됐다.

"날 사랑하지 않는 거지? 넌 아버지랑 똑같아. 늘 말뿐이지. 실제로는 자지 하나 세울 만큼도 사랑하지 않으면서."

그녀는 남자는 아무 때나 성기를 벌떡벌떡 세울 수 있고, 마음대로 발기 상태를 조절할 수 있다고 여기는 게 분명했다. 남자들이 여자들은 아무 때나 가랑이를 척척 벌릴 수 있다고 여기는 것처럼. 나는 몇 번 더 시험해보다가 그만 팬티를 집어 들었다. 시험 결과, 아직도 고자. 여전히 앞면에 일기를 쓰는 놈이 지나친 도덕관념을 버리지 못하고 있기 때문이다. 어떻게 이 섹시한 아바나에서 놈이 버틸 수 있는 거지?

옷을 입고 하우스 내부로 난 창문을 내다보니 백인 마스터가 보였다. 중정 가운데 철제 의자에 앉아 발뒤꿈치의 굳은살을 벗기고 있었다. 나는 낚싯대를 빼 들고 문을 열고 나가 바로 계단을 뛰어내려갔다. 등 뒤에서 다나이스가 소리를 질렀다. 그러지 마, 그러지

마. 그건 내 생일선물이 아냐.

백인 돼지가 닻처럼 무거운 엉덩이를 들고 일어나려는 순간, 나는 낚시를 던져 그의 발목을 묶고 쓰러뜨렸다. 그러고는 재빨리 릴을 감아 끌어당긴 다음 낚싯줄을 뽑아 기둥에 옴짝달싹 못 하게 붙여놓았다. 그는 쓰러진 채로 발목을 풀어보려고 발버둥을 치다 이내 울음을 터뜨렸다.

고개를 들고 보니 카사의 구경거리가 되고 있었다. 4층까지 계단마다 검고 희고 초콜릿색인 얼굴들이 눈을 반짝이며 나와 돼지를 내려다보고 있었다. 언젠가 내가 이탈리아가에서 피자를 사 주고 콜라를 사 주고 맥주를 사 줬던 숙녀들이 반쯤 입을 벌린 채 넋이 나가 카사 중정에서의 참극을 구경하고 있었다. 하우스를 지키는 졸개 둘의 실루엣이 중정 뒤편 기둥 너머로 어둡게 사라지고 있었다. 둘 다 흑인이지만 숙소로 침입했던 흑인은 아니었다.

나는 낚싯대를 길게 뽑아 발버둥 치는 돼지의 종아리를 후려쳤다. 한 번, 두 번, 세 번, 그러자 피가 튀어 기둥을 더럽혔고, 돼지의 멱따는 소리가 중정을 쩌렁쩌렁 울렸다.

"흑인은 네가 보냈나?"

하지만 백인 돼지는 우느라 거의 정신이 없었다. 그의 눈꺼풀이 파르르 경련을 일으켰다.

"왜 카고 반바지를 입은 시커먼 치노를 궁금해하는 거지? 내가 보여?"

백인 돼지는 떨리는 눈으로 나를 빤히 쳐다보면서 아니라고 고개를 세차게 저었다.

엘리아스 카네티는 아주 오래전에 이 상황을 내다보고는, 보이지 않는 친구들을 위해 이런 말을 남겼다.

제물로 바쳐지는 짐승의 울음소리는 커야 한다. 그래야만 그들이
들을 수가 있으니까 말이다. 조상들은 이런 울음소리를 좋아한다.
비명 소리도 없이 조용히 죽어가는 양이라면 희생물로서 전혀 쓸
모가 없다.*

나는 허리를 굽혀 돼지의 귀에 입술을 가져다 대고는 중얼거렸
다.
"혁명박물관에 가봤어? 가봤겠지. 거기에 체 게바라의 시체를
날랐던 널빤지가 있잖아. 그게 무슨 본보기 같아? 카스트로한테는
혁명의 본보기고, CIA한테는 까불지 말라는 본보기고, 마피아한테
는 세상은 정의로 돌아가지 않는다는 본보기고, 그럼 나한테는? 누
구나 언제든 그렇게 될 수 있다는 본보기야······ 세상이 듣는 제물
의 울음소리가 커야 본보기의 효과도 더 커지겠지? 자, 이제 네놈
이 얼마나 크게 울 수 있는지 볼까?"
다나이스가 용기를 내어 중정으로 뛰어내려와 말렸지만 나는 어
쨌든 백인 돼지를 이대로 둘 수 없었다. 의문들은 풀리지 않았다.
하지만 보이지 않는 친구들은 괜한 의심만으로도 누군가의 존재를
지워버리기도 한다. 보이지 않는 친구들은 해결할 수 있는 눈앞의
위험 요인을 굳이 다음으로 미루지 않는다.

---

* 엘리아스 카네티, 앞의 책, 309쪽.

12월 15일

　얼마 전에는 거리에 징글벨이 울려 퍼지더니, 오늘은 들르는 식당마다 크리스마스 분위기를 내고 있다. 종업원들은 산타 모자를 쓰고 다니고 입구에는 크리스마스트리가 서 있고 새해를 환영한다는 스티커가 붙어 있다. 비아술에도 실내의 천장까지 닿는 야자수에 트리 장식을 해놓았다. 아바나는 가로수도 야자수고 실내 관상수도 야자수다. 비아술에서 내일 떠나는 트리니나드 왕복표를 샀다. 이상한 흑인이 나를 노리고 있을 수도 있다고 생각하니 아바나엔 더 있고 싶지 않다.

　오후에는 리자에게 전화를 해 다음 주에 출국을 한다고 했다. 나는 미국에 들러 한 달 더 돌아다니다가 서울로 갈 것이라고 했다. 라스베이거스, 샌프란시스코, 뉴욕…… 쿠바에서 미국이 코앞이니 싼값에 갈 수 있다. 그리고 내내 궁금했던 것을 물었다.

　"길거리에 새하얀 옷을 입고 다니는 사람들은 뭐죠?"

　아바나의 길거리에는 흰옷에, 흰 신발에, 흰 모자에, 흰 양산을 펴 들고 다니는 사람들이 심심찮게 눈에 띄었다. 그들은 어쩌면, 내가 상상 속에서 만들어낸 요행의 신을 모시는 신도들이 아닐까. 기독교의 신도, 이데올로기라는 만병통치약도, 이 가난한 나라의 가난한 사람들에게는 요행만큼도 도움이 되지 않는 듯 보인다.

　"아, 그거는 쿠바 무당들일 거예요. 산테라, 라고. 흰옷 입은 사람들."

　리자는 자기도 거기까지밖엔 모른다고 했다. 아마 이웃 나라 아이티의 부두교 같은 으스스한 토속신앙이 아니겠냐고 했다.

다나이스에게 지갑의 현찰을 다 털어주고 그녀의 아버지를 불러내기로 했다. 앞면에 일기를 쓰는 놈이 또 버스표를 예매했기 때문에 조급한 마음이 들었다. 아직 한 번도 러시아 남자를 눈앞에서 보지 못했다. 이번이 그놈을 만날 처음이자 마지막 기회인지도 모른다. 그녀는 왜 자기 아버지에게 집착하느냐고 꼬치꼬치 캐물었다. 그녀는 주말쯤에 아버지와 약속을 잡을 테니 기다려보라고 했다. 나는 기왕이면 주소도 알아놓으면 좋겠다고 했다.

그녀는 사라진 백인 마스터 때문에 불안해하고 있었다. 하우스는 이제 주인도, 지키는 사람도 없는 버려진 집이나 다름없게 되었다고 했다. 너희끼리 운영하면 안 되느냐고 묻자, 건물 소유자가 아닌데 어떻게 여기 계속 머물 수 있겠느냐고 했다. 이제 롤리의 숙녀들은 뿔뿔이 흩어지거나 다른 마스터의 손에 들어갈 것이라고 했다. 도망친 두 졸개가 곧 다른 마스터를 데려올 거라고 했다.

"내 손 꼭 잡고 남한에 가서 살까?"

그녀는 무슨 개소리냐며 손등으로 내 입술을 쳤다.

12월 16일

아파트 앞에서 택시를 타고 비아술로 가 트리니나드행 버스에 올랐다. 트리니나드는 터미널까지만 버스가 들어오고 마을 안에서는 주로 당나귀와 말과 자전거 택시로 움직이는 작은 시골 마을이다. 마을 전체가 유네스코 세계유산에 올라가 있다고 한다. 모든 길이 주먹만 하게 조각낸 바윗돌로 포장되어 있는데, 얼마나 오래전에 깔았는지 표면이 반질반질하게 닳아 있다.

늦은 시간에 도착해 많이 둘러보지는 못했지만 어둑하게 조명이 켜 있는 이곳의 밤거리는 꿈속을 걷는 것처럼 몽환적이다. 숙소에 짐을 풀고, 씻고, 새 장편의 도입부를 마쳤다. 새 장편은 가벼운 실존주의풍으로 시작한다. 한 젊은이가 쿠바로 배낭여행을 온다. 그는 의지 없이 사는 젊은이로, 삶에든 죽음에든 의지가 없는 인생을 살고 있다. 살지도 죽지도 않은 무감각한 젊음을 보내고 있다…….

미국에 건너가면 쿠바에서 먹을 수 있는 것보다 맛 좋고 질 좋은 쿠바식 샌드위치를 먹을 수 있다고 한다. 미국에는 또 쿠바에는 없는 요리법으로 만든 쿠바식 구운 옥수수도 있다고 한다. 기대된다. 쿠반 샌드위치는 바게트를 반으로 갈라 양파 같은 야채와 생햄과 치즈를 넣고 기계로 꾹 누른 것을 말한다. 햄도 치즈도 차가운 것을 그대로 쓴다. 쿠바식 구운 옥수수는 그냥 삶은 옥수수다. 오비스포 거리에 가면 막대기에 끼워 판다. 부자 나라 미국에서는 옥수수에 치즈 가루를 뿌려준다지 아마.

어제 보이지 않는 친구에게 가 부탁을 하나 했다. 잡은 고기를 넣는 플라스틱 통에 뭘 좀 넣어달라는 부탁이었다.

"그래, 그렇게 되었구나."

보이지 않는 친구는 돌아보지도 않고 고개를 끄덕였다.

"그래. 부탁해."

나는 한숨을 쉬듯 중얼거렸다.

"네가 가기 전에 낚시를 가르쳐주고 싶었는데 말이야. 어떻게 치노가 낚시도 할 줄 몰라."

"난 치노가 아냐. 그리고 바다는 남한에도 있어. 물고기도 있고. 심지어는 낚싯대도 팔아."

보이지 않는 친구는 그제야 돌아보았다.

"남한에 정말 그런 것들이 다 있다고?"

"그래. 남한도 살 만큼 살아."

"하지만 말레콘은 없겠지. 말레콘은 아바나밖엔 없을 거야."

보이지 않는 친구의 말에 나는 타이어에서 바람 빠지는 소리를 냈다.

"그렇구나. 말레콘은 남한에 없지."

그렇게 말하고 나자 몹시 드물게도, 구슬픈 감정이 들었다.

12월 17일

쿠바섬 북쪽의 아바나는 플로리다해협과 맞닿아 있지만, 남쪽 해안 도시인 트리니다드는 카리브해와 맞닿아 있다. 말로만 듣던 그 카리브해다. 늦은 아침에 카리브해의 풍광을 눈으로 확인하고 싶어 안콘 해변으로 갔다. 이곳도 물론 가장 큰 건물이 성당이고, 원주민보다 백인 관광객들이 더 많다. 독일어, 불어, 영어…… 온갖 나라의 말들이 다 들린다.

백사장을 왼쪽 맹그로브숲에서 오른쪽 스쿠버다이빙장까지 천천히 걷고 다시 제자리로 돌아오는 데만 두 시간이 걸렸다. 그러곤 야자수 파라솔 아래 일광욕 의자에 누워 해가 질 때까지 파도가 거의 없는 바다를 바라보았다. 안콘 해변 전체가 내가 단 한 번도 본적이 없는 것들로 가득했다. 내 눈에 익은 것이라곤 매점에서 파는 펩시콜라 캔뿐이었다.

미친 듯이 카메라 셔터를 눌러대다 마을로 돌아와 레스토랑에서 저녁을 먹고 구아버로 만든 생과일 아이스크림을 핥으며 마을을 한 바퀴 돌았다. 크리스마스가 다음 주지만 해가 진 다음에도 아이스크림이 시원하게 느껴질 정도로 날이 더웠다.

한가롭게 해변에서 일광욕이나 하고 있다니 믿기지가 않는다. 지난 두 달 동안 햇볕이 발광하는 아바나 거리를 그렇게 쏘다니고도 일광욕이라니.

심통이 나니 별게 다 눈에 거슬린다. 이를테면 화장실을 찾다가 안콘 호텔 뒷문에서 본 바나나. 작은 트럭에서 거대한 바나나가 몇 송이 내려지고 있었다. 주방에서 음식을 만들다 나온 듯한 직원이 바나나를 받아 옮기고 있었다. 길이가 1미터는 되는 거대한 바나나였다. 열대지만 아바나의 시장에서 파는 바나나는 한국의 홈플러스에서 파는 바나나보다도 작다. 바나나뿐만 아니라 시장에 나와 있는 모든 채소와 과일이 다 알이 작고 볼품없다.

그나마 마음에 드는 것이 해 질 녘 해변으로 쏟아져 나온 비키니 차림의 백인 여자들이다. 일광욕 의자에 앉아 모히토 칵테일을 홀짝이며 넋을 놓고 있다 보니, 할리우드 영화를 틀어주는 극장의 스크린 속에 들어와 있는 것 같은 착각이 들었다. 엉덩이를 거의 그대로 드러낸 백인 미녀들, 걸음을 옮길 때마다 출렁이는 하얀 가슴들, 노을만큼이나 황금빛으로 출렁이는 금발들…… 핥고 빨고 깨물고 찰싹찰싹 때리고 문지르는 하렘의 꿈들.

나는 여전히 읽는 이를 화나게 하려고 일기를 쓰고 있다. 누군가 이 일기를 읽을 수만 있다면.

12월 18일

내가 묵은 민박집의 명함에는 부부의 이름이 나란히 적혀 있는데 앞엔 아내의 이름인 마사가, 뒤엔 남편의 이름인 마르티네스가 적혀 있다. 쿠바에서 흔히 보는 일이다. 식당에서도 여자가 먼저 자리에 앉고 접시도 여자 앞에 먼저 놓는다. 듣기로는 쿠바도 한국처럼 대가족 문화가 발달해 있다고 한다. 대가족이 한집에 모여 사는 일이 흔하고, 흩어져 살아도 모이는 일이 잦다. 혈육 간의 정도 한국만큼이나 끈끈한 모양이다. 아니, 한국은 이제 가족 문화라고 할 만한 것들이 많이 사라졌다.

자식도 많이 낳는다. 민박집 거실을 뛰어다니는 올망졸망한 아이들이 넷이고, 첫째 큰딸은 손님 시중을 든다. 셋째 딸 하이디가 내게 살갑게 다가왔다. 아마 외국어를 배우는 데 관심이 있는 모양이었다. 그녀는 공깃돌을 교환하듯 에스파냐어 단어를 하나씩 한국어 단어와 바꿨다.

버스 시간이 오후라, 오전에 트리니다드 마을 뒷산에 올라가봤다. 정상에 오르니 마을 전경과 어제 본 안콘 해변, 카리브해가 한눈에 펼쳐졌다. 보고 맡고 들리고 느껴지는 모든 것이 쿠바 이전에는 경험해보지 못한 것들이었다. 이곳에서는 나조차도 완전히 새로운 어떤 것이었다.

비아술에서 내려 택시를 타고 숙소로 오다가 중간에 내렸다. 어딘지는 확실하지 않지만 아바나 대학이 근처에 있었다. 가까이에서 지내면서 한 번도 와보지 않은 이 낯선 동네를 느긋한 마음으로 해가 질 때까지 돌아다녔다. 동네는 트리니나드 못지않게 낡고 후졌고, 아름다웠고 이국적이었다. 아바나는 한 블록 건너 광장과 공원이 있을 정도로 시민들을 위한 휴식 공간이 많다. 면적은 서울보다 6분의 1이 더 넓은데, 인구는 겨우 5분의 1밖에 되지 않으니 당연한 일이다.

동네 광장에서 스틸 드럼 밴드의 공연이 있었다. 산업용 철제 드럼통을 다양한 길이로 잘라 만든 재활용 드럼들을 쓰는 공연이었다. 드럼의 길이와 바닥이 파인 정도에 따라 굉장히 다채로운 소리들이 났다. 연주자는 여섯. '스틸 밴드 아바나'라고 적힌 스틸 드럼 수십 개가 무대에 올라와 있었다.

물라토의 육체에 가장 잘 맞는 악기가 타악기라는 사실을 발견한 순간이었다. 그들의 길쭉한 팔다리와 탄력 있는 관절, 땀을 흘리면 황금색으로 번쩍이는 피부까지, 바닥을 둥둥 울리는 드럼 소리가 그들의 육체와 함께 춤을 추고 있는 것만 같았다. 떨리고 진동하는 육체. 다나이스, 다나이스의 육체가 바로 그렇다.

12월 19일

아르마스 광장에서 헌책 몇 권을 샀다. 아르마스 광장의 헌책 노점들은 구경꾼들로 활기가 넘친다. 오비스포 거리 끝에 놓여 있어 늘 관광객들로 북적인다. 책뿐 아니라 옛날 LP, 온갖 나라의 동전, 고물이 된 필름 카메라, 아직 식민지이던 시절에 찍은 듯한 옛날 흑백사진들…… 나는 1959년 혁명을 이끈 세 쿠바 영웅을 담은 사진집을 샀다. 카밀로 시엔푸에고스, 피델 카스트로, 체 게바라. 바래고 구겨지고, 얇아서 내용도 별로 없지만 쿠바 바깥에서는 구할 수 없는 책들이다. 그리고 헤밍웨이에 대한 책도 좀 샀다. 모두 다 해서 106쿡. 106달러.

"내일 떠나요?"

헌책 노점 주인 캄벨이 물었다. 아마 관광을 끝내고 떠나는 사람들이 마지막으로 들러 추억거리로 쿠바판 책을 사 가곤 하는 모양이었다. 캄벨은 안경을 쓴, 갓 대학을 졸업하고 제 사업을 시작한 듯이 보이는 젊은 흑인이었다.

다나이스는 헌책 노점들이 있는 아르마스 광장의 한 카페에서 러시아 남자를 만나기로 했다. 헌책을 팔러 나왔을 때 겸사겸사 밥이나 먹자고 했다는 것이다. 아빠와 딸로.

"우울한 일요일이 되겠네."

보이지 않는 친구가 한 손으로 슬쩍 새하얀 플라스틱 통을 내 쪽으로 밀며 말했다.

"나도 이제 낚시꾼 행세를 해야 하는 거야?"

퍼티를 담던 25킬로그램들이 플라스틱 통 안엔 날카로운 가시가 달린 표창 같은 등지느러미를 활짝 펼친 물고기 한 마리가 들어 있었다. 내가 통 안으로 손을 뻗자 놈이 희멀건 눈동자를 한 바퀴 굴리더니 연한 장미색 가슴지느러미를 쭉 펴고는 부르르 떨었다.

"그놈이 성을 내면 무섭지. 지느러미로 뭐든 다 썰어버릴걸."

보이지 않는 친구가 바람 빠지는 소리로 웃었다.

"물고기로 뭘 하라고?"

내가 볼멘소리를 하자 보이지 않는 친구가 어허, 이 친구, 하고 혀를 찼다.

"고기를 잡아다 주었으면 됐지, 내가 요리법까지 가르쳐줘야 하나?"

나는 낚시를 끝내고 귀가하는 낚시꾼처럼 한 손에 플라스틱 통을 들고 다른 한 손엔 낚싯대를 들고 말레콘을 걷기 시작했다. 아주 잠깐, 보이지 않는 친구에게 작별을 고해야 하나 생각했지만, 아무래도 작별 인사는 우리에게 어울리지 않는 것이었다.

12월 20일

　꿈속을 노니는 기분으로 오비스포 거리에서 어릿광대와 푸른 옷 악단의 퍼레이드를 봤다. 거리 끝에서부터 마카레나 가락이 들리기 시작하고, 잠시 서성이는 동안 얼굴에 울긋불긋 물감을 칠하고 루돌프 코를 달고 색색으로 물들인 솜사탕 머리를 붙인 어릿광대들이 앞장을 서고, 푸른 줄무늬 광대 옷의 악단이 뒤를 따르고 있었다. 거리 끝에서 태양이 곧장 나를 쏘아보고 있었다. 마카레나 가락이 꿈결처럼 이 골목 저 골목을 흘러 다녔다. 나는 아직 정오밖엔 안 된 시간에 아무 데나, 카페테리아나 그런 데 앉아 잠깐 잠들고 싶었다. 마치 누군가 내 귀에 대고 잠깐 눈을 붙이라고, 정신을 잠시 내려놓으라고 쉴 새 없이 속삭이며 종용하는 것 같았다. 하긴 석 달 가까이 이 뜨거운 나라를 쏘다녔으면 쉴 때도 됐다. 내가 지금 쓰고 있는 소설의 주인공처럼. 팔팔한 나이에 삶을 지속할 의지를 탕진한, 산 것도 죽은 것도 아닌 젊은이처럼.

암보스문도스 호텔 2층 카페에서 11시부터 기다렸다. 성수기인데도 2층 카페는 영업을 하지 않고 있었다. 테이블에는 흰 천이 덮여 있고 어두운 바에는 냉기가 돌았고 의자는 2개씩 포개어져 있었다. 나는 창문에 팔꿈치를 기대고 창밖 거리를 내다봤다.

다나이스는 12시에 마카레나의 흥겨운 가락과 함께 오비스포 거리에 나타났다. 멀리서도 눈에 띄는 버건디색 미니스커트를 걸치고. 그녀가 어릿광대 퍼레이드를 둘러싼 구경꾼 무리를 헤치고 암보스문도스 호텔로 들어오는 것을 확인하고는 나도 창가를 떠나 층계로 갔다. 나는 1층과 2층 중간의 층계참에 멈춰서 1층 카페의 안쪽 구석 테이블로 걸음을 옮기는 그녀를 눈으로 좇았다.

백발의 백인 남자가 테이블에 앉아 그녀에게 손을 흔들었다. 그는 청색 정장에 흰색 와이셔츠 차림이라 언뜻 웨이터를 보는 기분이 들었다. 그녀는 의자에 앉으며 가짜 진주가 촘촘하게 박힌 핸드백을 들어 조신하게 허벅지에 올려놓았다. 나는 일전에 그녀가 아버지도 남자로 대해야 하느냐고 물어봤던 것을 기억했다.

나는 1층으로 내려가 바의 거의 왼편 끝 테이블에 앉았다. 러시아 남자가 자기 테이블에서 나를 보려면 테이블 위로 깊숙이 허리를 구부려야 하는 자리다. 둘은 점심 식사를 하고 커피를 마시고 잠깐씩 대화를 나눴다. 그녀는 아버지한테는 어떻게 말을 건네야 하는지 잘 모르는 것이 분명했다. 1시 반이 되었을 때 그가 자리에서 일어나 그녀를 포옹했다.

12월 21일

리자가 잠깐 숙소에 들렀다. 이런저런 얘기 끝에 쿠바문화원의 사무처장 림 알롱소가 한인 후손이라는 말도 나왔다. 1900년대 초반에 멕시코로 이민을 왔다가, 그곳에서도 못 견디고 다시 쿠바로 건너와야 했던 지난한 삶의 낙오자들과 그 후손들. 그러고 보니 림이 한국 성인 임이었다. 나는 한국인은 워낙 독해서 어느 환경에 놓이든 결국은 성공하고 마는 모양이라고 말했다. 그녀와 나는 먼 이국의 땅에서는 거의 쓸 일이 없는 한국어로 30분쯤 수다를 떨었다. 지난 석 달 동안 나는 그녀 말고는 딱히 대화 상대가 없이 지냈다. 어쩌다 영어로 대화를 할 때가 있었지만 서너 문장을 넘지 못했으니 대화라고도 할 수 없었다. 그녀 역시 한국에서 나처럼 손님이 오지 않는 한 한국어로 수다를 떨 일이 없었다. 그녀의 집에는 에스파냐어를 쓰는 시댁 가족이 4대가 모여 살았다.

그녀는 떠나는 날, 열쇠를 안에 두고 문을 닫으면 된다고 했다. 그러면 내 등 뒤로 문이 닫힐 것이고, 열쇠가 없는 난 다시 집 안으로 발을 들여놓지 못하게 될 것이다. 그렇게 생각하니 벌써부터 뭔가 묘한 기분이 들었다. 한 세계가 내 등 뒤에서 영원히 닫히고 만다, 그런 기분이. 이상하게 손에서 생선 비린내가 났다. 아무리 비누칠을 해도 비린내가 지워지지 않는다.

이제부터 나 혼자 물고기를 요리해야 한다. 어제 암보스문도스 호텔에서부터 러시아 남자의 뒤를 쫓았다. 다나이스가 뒤늦게 나를 발견하고는 놀라 손짓을 했지만 나는 오비스포 거리의 좁은 골목으로 스며들 듯이 사라지는 그를 놓치지 않았다. 그는 두 블록쯤 지나 그곳에 주차해둔 은색 사브에 올라탔고, 나도 자전거 택시를 타고 그를 뒤쫓았다. 아바나 비에하의 길들이 워낙 좁아 자전거 택시나 사브나 속도가 안 나기는 마찬가지였다. 나는 프라도 거리에 접어들자마자 일반 택시로 갈아탔다. 은색 사브는 원색 도장의 올드 카가 즐비한 아바나 도로에서 아주 눈에 잘 띄었다. 사브는 카피톨리오를 지나 15분쯤 달려 혁명광장 근처의 어느 공동주택 단지로 들어갔다. 한 건물 앞에서 러시아 남자가 내렸다. 나도 택시를 세우고 놀이터를 사이에 둔 채 먼발치로 그를 지켜봤다. 그 건물도 열쇠가 없으면 바깥 현관을 열지 못하게 되어 있었다. 그래서 어제는 그를 놓쳤다.

오늘, 오후부터 공동주택 앞 공원에서 러시아 남자를 기다렸다. 사브는 저녁 7시가 좀 지나 나타났다. 그가 사브에서 내리자마자 나는 어둑어둑한 놀이터를 가로질러 달리기 시작했다. 그가 현관에 도달하는 순간에 그의 등 뒤에까지 바싹 따라붙었다. 그러고는 그의 허리춤에 물고기를 대고 꾸욱, 눌렀다.

"너는 뭐고 그건 뭐야?"

그가 고개를 돌려 나와 물고기를 번갈아 쳐다보더니 황당한 표정으로 물었다. 물고기의 가슴지느러미가 내 손끝에서 회전 톱날처럼 부르르 발동을 걸었다.

"낚시꾼이지. 문이나 열어."

그와 나는 엘리베이터를 타고 5층으로 올라갔다. 5층 두 번째가
그의 집이었다. 거실에서는 섬세한 향기가 났다. 거친 남자라면 결
코 이름을 들어보지 못했을 그런 섬세한 꽃향기가.

"어쩐지 꿈자리가 뒤숭숭하더니만."

그가 소파에 털썩 주저앉으며 중얼거렸다.

"냉장고에서 부카네로 좀 꺼내다 주면 좋겠는데 말이야."

나는 고개를 젓듯 물고기를 좌우로 흔들며 그의 맞은편 소파에
앉았다. 물방울이 아직도 물고기 아가리에서 똑똑 떨어지고 있었
다. 그의 어깨 너머로 미국 대통령 버락 오바마의 상반신이 나온
지난 선거 포스터가 보였다. 오바마가 쿠바를 조만간 방문한다는
소식이 돌고 있었다.

"어떤 꿈이었는데?"

"지옥의 개가 날 쫓아다니는 꿈들이었지."

"꿈들?"

"그래, 단막극이 아니라 멕시코 연속극처럼 지긋지긋하게 이어
지고 또 이어지는 꿈들."

멕시코 연속극은 나도 아바나 숙소의 텔레비전에서 잠깐 본 적
이 있었다.

"지옥을 믿는구나…… 하지만 가본 적은 없잖아."

"지옥에 가본 적은 없지."

그의 왼 무릎이 떨기 시작했다.

"그런데 지옥에 개가 사는지는 어떻게 알고?"

내가 물고기의 아가리를 벌려 그 흉측한 이빨들을 드러내며 비꼬았다. 이 육식 물고기의 이빨은 바늘처럼 가늘었지만 세라믹 칼날처럼 강했고, 긴 것이 거의 가운뎃손가락만 했다.

"지옥에 개가 어떻게 살 수 있냐고."

나는 그 선하고 재밌는 동물이 지옥에 가거나 지옥에서 살 수 있으리라고는 생각해본 적이 없었다. 이제 그는 오른 무릎도 떨기 시작했다. 그는 나를 똑바로 쳐다보지도 못하고 있었다.

"생각해보니 지옥에서 개는 못 본 것 같아."

그가 간신히 중얼거렸다.

"못 보긴. 가본 적도 없다면서."

그가 흘린 눈물이 우윳빛 턱을 타고 소리 없이 떨어졌다.

"입만 열면 거짓말이야."

그가 고개를 끄덕이고는 더 많은 눈물을 흘리기 시작했다. 눈물에서 바다의 짠 냄새를 맡았는지, 물고기가 아가미를 뒤집으며 헐떡이기 시작했다.

"이 물고기를 봐."

그가 고개를 들어 물고기를 바라봤다. 그의 눈은 초점이라고 할만한 것이 거의 없었다.

"지옥에는 이런 물고기만 있는 거야."

그가 무슨 말인지도 모르면서 고개를 끄덕였다.

"흑인은 네가 보냈어?"

"응? 응, 그래, 그래. 내가 보냈어."

그가 젖은 얼굴을 끄덕였다. 흑인에 대해 아무것도 모르고 있다는 확신이 들었다. 흑인은 그가 보낸 게 아니다.

"넌 권력에 무릎 꿇을 줄 아는구나. 권력의 무서움을 알아."

내가 물고기를 반 뼘쯤 살짝 내밀며 말했다.

"권력은 물고기한테서 나오지."

나는 물고기를 반 뼘쯤 더 내밀었다. 그가 허리를 펴고 소파에 몸이 파묻힐 정도로 물러나 앉았다. 흑인은 그렇다면 다나이스가 있는 하우스의 백인 돼지가 보낸 청부업자거나, 그것도 아니면 단순한 동네 강도였을까.

나는 별로 중요하지도 않은 것을 따져보느라 잠시 머리를 굴렸다.

"넌 나를 죽이려고 온 게 아니야."

내가 정신을 딴 데 팔고 있는 사이, 어느새 그의 눈에서 눈물이 그쳐 있었다.

"뭐라고?"

"날 죽이려는 게 아니라고."

그가 오른손 검지 끝으로 물고기를 가리키며 말했다.

"어떻게 알지?"

내가 물었다.

"난 그렇게 살지 않았으니까. 누가 날 죽이고 싶을 만큼 증오할 짓을 하면서 살지 않았으니까."

그는 진심을 말하고 있었다. 진심.

하지만 진심이라고 해서 그게 곧 사실인 것은 아니다. 자신을 죽이고 싶을 만치 증오하는 사람이 세상에 하나도 없는 사람은 이미 죽은 사람뿐이다. 이를테면 길 가다 어깨만 좀 세게 부딪혀도 사람은 그 어깨의 주인을 죽여서 땅에 묻고 싶어 한다.

"장님."

"뭐라고?"

"장님이라고 했어. 널 죽이고 싶어 하는 사람이 바로 코앞에서 물고기를 들이대고 있는데도 넌 아니라고 하잖아."

그러자 그가 혼란에 빠진 얼굴로 눈알을 굴리며 물고기를 바라봤다.

"그 물고기로 뭘 할 거지?"

"뭘 하긴. 뭘 할까?"

물고기가 그를 향해 흉측한 아가리를 두어 번 뻐끔거렸다.

"나한테 왜 이러는 거야? 내가 댁한테 무슨 잘못을 했어?"

그가 다시 울기 시작했다.

"다나이스."

"응?"

"다나이스한테 무슨 짓을 했지?"

그러자 그가 울음을 뚝 그치고는 눈을 치켜떴다.

"넌 다나이스의 아빠가 아니야. 넌 그럴 수 없어. 넌 보이지 않는 친구니까."

그러자 그의 표정은 더 이상 죽음을 두려워하지 않는 자의 표정이 되었다.

"그래, 그게 바로 내가 아는 우리의 표정이지. 인간을 잃어버린 표정."

"개소리 말아. 내가 뭘 잃어버렸다고 그래?"

"다나이스의 진짜 아빠는 어디 있지? 너는 왜 여기 있는 거야?"

물고기가 지옥의 개처럼 내 손끝에서 으르렁거렸다.

"세상에. 다나이스는 내 딸이야. 유전자 검사라도 해봐야겠어?"

"아니, 유전자는 맞겠지. 그러니까 유전자만 남겨놓고 다나이스의 진짜 아빠는 어디로 갔느냐고."

그가 두 손으로 얼굴을 감싸곤 고개를 숙였다. 하지만 이제 그는 더 이상 울지도 않았다.

"내가 진짜 아빠야. 어쩌라고 그래."

나는 그가 마음껏 생각할 수 있도록 잠시 입을 닫았다. 한참 후에 그가 싸늘하게 식은 창백한 얼굴을 들었다.

"그러는 넌. 넌 뭔데 나한테 물고기 따위를 들이대고 지랄이야?"

"난 뒷면에 일기를 쓰는 사람이지."

"무슨 말이야?"

"모르겠어? 뒷면에 일기를 쓰는 사람이라고. 내 앞면에 일기를 쓰는 놈이 아주 오래전에 잃어버린."

"세상에. 내가 미친놈하고 대화를 하고 있구나."

나는 벌떡 자리에서 일어나 물고기로 그의 이마를 겨냥했다.

"갱들과 신들은 말하지 않는다. 그들은 머리만 까딱한다. 그러면 모든 것이 이루어진다."*

그는 감정도 없고 초점도 없는 눈으로 나를 바라봤다.

"불쌍하게도, 다나이스. 그 애는 세상의 모든 불쌍한 딸들처럼 가짜 아빠를 사랑하고 있어. 진짜 아빠는 오래전에 사라져버렸는데도 말이야."

나는 혀를 끌끌 찼다. 물고기는 아가리를 뻐끔뻐끔했다.

"네놈은 좌파인가?"

---

*롤랑 바르트, 《현대의 신화》, 이화여자대학교 기호학연구소 옮김, 동문선, 1997년, 101쪽.

나는 잠시 대답을 망설였다.

"좌파가 아니라, 뒷면이라니까."

"아니. 너는 좌파야. 뼛속까지 붉을걸."

내 손끝의 물고기에서 길고 긴 죽은 혀가 빠져나와 그의 이마를 핥았다.

"다나이스를 사랑하나?"

그는 말이 없었다.

"사랑해?"

12월 22일

호텔 내셔널에서 〈부에나 비스타 소셜 클럽〉의 연말 갈라쇼를 봤다. 콤파이 세군도나 이브라임 페레르 같은 초대 멤버는 고인이 됐고, 지금은 새로운 연주자들이 쇼의 주축을 이뤘다. 새 멤버들이 연주한다고 해서 내가 그 차이를 알 만큼 음악에 조예가 깊은 것은 아니다. 나는 그저 즐거웠으면 됐다. 쇼 무대가 야외 수영장에 설치되어 환상적인 분위기가 났다. 수영장의 찰랑거리는 물낯에 조명 불빛이 달그림자처럼 떠 일렁거렸다.

관객들 대개는 백인 관광객과 부유한 아바나 시민들이었지만, 아까 언뜻 스치듯 본 커플은 뭔가 좀 이상했다. 남녀 커플인데 남성은 중년의 아시아인이고, 팔짱을 끼고 돌아다니는 여성은 젊은 현지인 물라토였다. 이런 조합은 아바나에서 거의 보지 못했다. 다시 확인하고 싶어서 두리번거렸지만 야외 객석이 어두워 찾을 수가 없었다.

물라토 여성은 실루엣이 기가 막히게 아름다웠다. 허리에 감긴 아시안 남성의 팔을 부러뜨리고 훔치고 싶을 정도였다. 아주 잠깐 지나치며 봤을 뿐인데도 그 인상이 지워지지가 않았다. 젊고 윤기가 흐르는 초콜릿색 피부에, 가냘픈 허리와 바싹 올라붙은 둥근 엉덩이, 길게 흘러내린 곱슬머리에 감춰진 길고 가는 목이 공연보다도 더 내 가슴을 두근거리게 만들었다. 나는 공연이 끝나고 나서도 테이블에서 눈을 굴리며 그 어울리지 않는 비대칭 커플을 찾았다. 내 검은 이상형…… 마주치고 나서야 세상에 존재하고 있음을 겨우 깨닫게 되는 성적 이상형.

다나이스와 〈부에나 비스타 소셜 클럽〉의 연말 갈라쇼를 봤다. 그녀를 데리고 나오는 데 비용이 평소의 2배가 들었다. 하지만 나는 즐거웠고, 그녀 역시 모히토와 다이키리를 연거푸 마시더니 맥주로 입가심을 하고는 취해서 즐거워했다. 그러다가 그녀는 아빠가 전화를 안 받는다고 볼멘소리를 했다. 하우스의 장래에 대해서도 걱정했다. 숙녀들끼리 대표를 뽑았는데 영 마음에 들지 않는지 '쌍년'이라고 불렀다. 새 마스터가 나타나지 않는다면, 아마 그녀들끼리 하우스 두 채를 관리하며 사업을 운영해야 될지도 모른다고 했다. 하우스를 지키던 개들이 없어졌으니 진짜 개를 식구로 들여야겠다는 말도 했다. 그녀는 내일 내가 떠난다는 사실에 대해선 한마디도 하지 않았다.

갈라쇼의 마지막. 사회자가 관객들을 무대로 불러 올려 단체로 살사를 추게 했다. 그녀는 입가의 맥주 거품을 닦지도 않고 벌떡 일어나 무대로 뛰어올라갔다. 그녀는 앞줄에 서서 밴드의 연주에 맞춰 살사를 췄다. 총천연색 스팽글이 찰랑거리는 민소매 티에 팬티나 다름없는 버건디색 미니스커트 차림의 그녀는, 무대에 오른 스무 명 여자들 중 유일하게 창녀처럼 옷을 입고 있었지만, 가장 눈에 띄게 빛났고 아름다웠으며 무엇보다 나의 다나이스였다.

쇼가 끝나고 호텔 주차장에서 택시를 기다렸다. 큰길까지 걷자고 하고 싶었지만 그녀가 신은 하이힐로는 무리일 게 틀림없었다. 나는 그녀에게 그 러시아 남자, 아버지에 대해 속삭였다. 그가 러시아인인 것도, 아버지인 것도 틀림없지만 그녀의 진짜 아버지는 아주 오래전에 사라졌고, 지금은 그저 가짜 아버지일 뿐이라고 했다.

"너 지금 질투하는 거야? 네 정체가 뭐야? 네가 뭔데 그런 말을 해?"

그녀가 나를 어깨로 밀쳐내며 쏘아붙였다. 그녀는 휴대폰을 꺼내 아버지한테 전화를 걸었다. 하지만 벨이 울려도 응답이 없었고 그녀의 검은 얼굴은 더욱 어두워졌다.

"아빠가 언제든 전화하라고 했는데 말이야."

"러시아로 돌아갔을 수도 있잖아."

"다음 주야."

그녀는 내년 봄에 아버지가 돌아올 것이고, 함께 고향 산티아고에 가기로 했다고 말했다. 엄마를 보러. 그녀는 여전히 내일이면 떠나는 나에 대해서는 한마디도 묻지 않았다. 노란색 택시가 와서 섰고 이제 그녀 차례가 되었다. 나는 그녀 허리에 팔을 두르고는 입을 맞추고 혀를 빨았다.

"어라, 섰는데?"

그녀가 내 바지 위로 성기를 만지작거리며 말했다.

나는 아주 잠깐 망설였다. 택시 기사가 창밖으로 얼굴을 내밀고 그녀와 나를 번갈아 쳐다보았다. 둘이 함께 밤을 보낼 빈방은 호텔에 널렸을 것이다.

"잘 가."

"잘 가."

나는 그녀가 탄 택시가 호텔 내셔널의 주차장을 빠져나가 코너를 도는 모습을 지켜봤다. 그쪽 길로 쭉 가면 이탈리아가가 나왔다. 그리고 나는 이제 그 길로는 갈 일이 없었다.

아파트 앞에 개를 데리고 산책하며 혼잣말을 하는 여자가 나와 있었다. 어찌 된 일인지 오늘은 밤에 산책을 하고 있었다. 닥스훈트라 개는 키가 아주 작았다. 발밑에서 나를 향해 짖는 개소리가 들렸다. 나는 진심을 다해 그녀에게 처음이자 마지막으로 인사를 했다. 그녀와 그녀의 작지만 사나운 개는 나를 알아보았다. 미친 인간과 거친 개에게는 보이지 않는 친구를 볼 수 있는 능력이 있었다.

12월 23일

짐은 미리 싸놓았기 때문에 서두르지 않고도 숙소를 나올 수 있었다. 리자의 말대로 열쇠를 안쪽에 놓고 문을 닫았다. 한 세계가 내 앞에서 철컥 소리를 내며 닫혔고, 내게는 이제 비행기를 타고 미국이라는 또 다른 세계의 문을 열고 들어갈 일만 남았다.

숙소에 몇 가지 물건을 남겨놓았다. 노트북에 연결해 쓰던 한글 키보드, 쿠바 가이드북과 엘리아스 카네티의 책, 빈 가방, 사놓고 먹지도 못했던 원두커피, 그리고 쓰레기나 다름없는 것들도 몇 가지 있었는데 리자가 보고 판단하라고 함께 두었다. 나는 숙소 밖으로 나가 카페에서 컵케이크와 에스프레소를 사 먹으며 택시를 기다렸다. 이제 눅눅하고 설탕 맛만 나는 쿠바의 간식들과도 안녕이었다.

공항에서 비행기를 기다리며, 나우타 카드의 마지막 남은 1분을 이용해 트위터에 글을 올렸다. "쿠바는 가난한 나라고, 그래서 더 좋았다."

비행기에 올라 지금 이 일기를 쓴다. 멕시코에서 갈아타, 내일이면 미국의 라스베이거스에서 새 일기의 첫 장을 시작하게 될 것이다. 나는 일기 뒤표지 안쪽에 주머니를 만들어 꽂아둔 흑백사진을 들여다본다. 내가 새 일기장을 마련할 때마다 옮겨놓는, 내 어렸을 적 사진이다. 아마 네다섯 살쯤? 코르덴 바지를 입고 빵모자를 쓰고 동네 길목을 서성이는 사진이다.

이때는 엄마가 있었다. 증명할 길은 없지만, 나는 이 사진을 엄마가 찍어주었을 거라고 믿고 있다. 이 사진을 찍어준 엄마도, 이 시절의 나도 이제는 내 기억 속에서 잃어버리고 없다. 엄마가 더 이상 엄마가 아니듯이, 나도 더 이상 이 사진 속의 나가 아니다. 농담 한마디 하자면 이 사진 속의 사내아이는 소설가가 되지 않았다면, 틀림없이 음모를 꾸미기 좋아하는 비밀스러운 스파이로 자라났을 것이다. 총싸움과 칼부림을 좋아하는 전쟁광이 되었을지도 모르고, 나름 처절한 사랑의 낚시꾼으로 살아갔을지도 모른다.

낚시꾼…… 쿠바에서 질리도록 본 낚시꾼 대신 미국 라스베이거스에서는 뭔가 다른 사람들을 볼 수 있었으면 좋겠다. 비행기는 벌써 멕시코의 칸쿤 공항을 떠나 미국 땅에 들어섰다. 비행기 창밖으로 잿빛의 거대한 협곡들이 보인다. 협곡들이 세상 끝까지 펼쳐져 있다. 날카롭게 파인 골짜기 아래로는 비현실적인 코발트색 물줄기가 구불구불 흐른다. 미국은 세계의 중심이다. 그리고 그 세계의 중심인 미국의 중심은, 워싱턴 같은 도시나 백악관 같은 특정 건물이 아니다. 미국의 중심은 자본이다.

> 경제적 풍요의 시기에 이르면 사회적 노동의 집약적 결과는 가시적인 것이 되어 모든 현실을 가상에 종속시킨다. (…) 자본은 더 이상 생산양식을 통제하는 보이지 않는 중심이 아니다. 자본의 축적은 사회의 주변부에 이르기까지 감각적 대상의 형태 아래 자본을 펼쳐놓는다. 사회의 모든 영역이 자본의 초상화가 된다.[*]

자본이라는 현대 미국의 중심이자 세계의 중심은 한곳에 있지 않고 모든 곳에 편재해 있으며, 한곳에 머물러 있지 않고 모든 곳을

---

[*] 기 드보르, 《스펙타클의 사회》, 유재홍 옮김, 울력, 2014년, 48쪽.

흘러 다닌다. 편재성과 유동성이란, 현대가 도래하기 이전의 세계에는 존재하지 않았던 중심의 속성이다. 현대 이전의 중심이란 절대적이고 영원하며 결코 바뀌지 않고 변화와 변절을 모르는 무엇이었다. 아바나에서 본 러시아 공관처럼, 세계의 대지에 꽂힌 거대하고 육중한 칼 같은 것이었다. 누가 함부로 뽑아 옮길 수 있는 중심이 아니었다. 그에 비하면 현대의 중심인 자본은, 거대한 협곡 사이를 흘러 다니는 거칠고 건조한 바람과 같다. 너무 거칠어서 거치적거리는 모든 것을 쓸어버리고, 너무 건조해서 만나는 모든 것을 바싹 말려버린다. 그런 바람이 세계 구석구석까지 휩쓸고 다닌다.

라스베이거스에 내려 일단 배부터 채운 다음, 그 보이면서도 보이지 않는 중심을 봐야겠다. 보이지 않으면서도 보이는 중심을 만끽해봐야겠다. 사막 도시에 아직 내리지도 않았는데 벌써부터 입 안이 마르기 시작한다.

이미 연락을 취해두었다. 공항에서부터 우리 쪽 보이지 않는 친구들이 뒤에 따라붙을 것이다. 보이지 않는 친구는 아바나에서는 추레한 낚시꾼이었지만 라스베이거스에서는 다를 것이다. 뭐, 이 사막 도시에 낚시를 던질 만한 곳은 없을 테니까. 근사한 올화이트 정장에 보잉 선글라스를 끼고 리무진을 타고 나타날지도 모른다. 이곳에서는 정장에 선글라스가 가장 눈에 덜 띄는 평범한 행색일 테니 말이다. 그리고 이곳에서는 마음껏 총기를 휴대할 수도 있다. 물고기가 아닌 총. 그렇다, 총 말이다. 아바나에서처럼 애먼 물고기를 들고 설칠 필요가 없는 것이다.

다나이스에게는 라스베이거스에 간다는 말을 하지 않았다. 그녀는 묻지도 않았다. 아마 아바나를 떠나 어디로 가느냐고 물었다면 나는 브리트니 스피어스의 도시 라스베이거스에 간다고 했을 것이다. 매해 연말마다 라스베이거스에서 열리는 브리트니 스피어스의 쇼가 아주 볼만하다는 소문은 여러 차례 들었다.

다나이스, 잘 지낼 거지? 너무 일찍 날 잊지는 마.

이 새로운 도시를 혼란에 빠뜨리고 망쳐놓을 생각을 하니 벌써부터 가슴이 쿵쾅거린다.

　이 소설은 교양과 광기라는 형편없으면서도 고귀한 인간의 이중
성을 다뤘다. 이성적이고 합리적이고 계산적인 듯하지만, 동시에
무법적이고 비현실적이고 충동적인 이중성 말이다. 교양이든 광기
든 그는 한 사람이다. 한 사람을 두 가지 상반된 성질로 나눠 생각
하는 일은 중심이라는 편의적이고 허구적인 위상에 대한 인간의
집착 때문이다. 어느 한쪽을 중심으로 놓으면 다른 한쪽은 내키는
대로 뱉어내고 부정할 수 있으니까.

　중심에 대해서는 이미 여러 사상가들이 말해왔다. 이 소설은 그
말들에, 내 말을 덧붙이는 식으로 쓰였다. 중심은 세상에 질서를 가
져와 세상을 더 살 만하게 만들었을지 몰라도, 중심에서 밀려난 많
은 인간들을 비참하게 만들었다.

　이 소설은 2015년 가을 쿠바 아바나에서 시작해서, 2017년 여름
한국 대전에서 마쳤다. 앞부분을 6개월 쓰고 길을 잃고 1년 넘게
헤매다 다시 뒷부분을 3개월 동안 썼다. 형식은 좀 낯설 수 있다.
나도 기존의 책에선 이런 형식을 본 적이 없다. 현실에서 이런 형
식을 본 적이 없으니, 아마 나는 내 내면의 이중성에서 이런 형식
을 베껴온 모양이다. 책의 구성을 이중으로 만드느라 편집부가 고
생했다. 특히 김준섭 편집자가 그랬다. 감사드린다.

교양과 광기의 일기

ⓒ 백민석 2017

초판 1쇄 인쇄 2017년 12월 1일
초판 1쇄 발행 2017년 12월 4일

지은이 백민석
펴낸이 이상훈
편집인 김수영
기획편집 김준섭 임선영 김수현
마케팅 조재성 천용호 박신영 곽은선 노유리
경영지원 이해돈 정혜진 장혜정 이송이

펴낸곳 한겨레출판(주) www.hanibook.co.kr
등록 2006년 1월 4일 제313-2006-00003호
주소 121-750 서울 마포구 효창목길 6, (공덕동) 한겨레신문사 4층
전화 02) 6383-1602-1603
팩스 02) 6383-1610
대표메일 munhak@hanibook.co.kr

ISBN 979-11-6040-106-6 03810

• 책값은 뒤표지에 있습니다.
• 파본은 구입하신 서점에서 바꾸어 드립니다.
• 이 책의 일부 또는 전부를 재사용하려면 반드시 저작권자와
  한겨레출판(주) 양측의 동의를 얻어야 합니다.